कर्मयोग

कर्मयोग

स्वामी विवेकानंद

प्रकाशक
प्रभात प्रकाशन प्रा. लि.
4/19 आसफ अली रोड, नई दिल्ली-110002
फोन : 011-23289777 • हेल्पलाइन नं. : 7827007777
इ-मेल : prabhatbooks@gmail.com ❖ वेब ठिकाना : www.prabhatbooks.com

संस्करण
2026

पेपरबैक मूल्य
तीन सौ रुपए

मुद्रक
नरुला प्रिंटर्स, दिल्ली

★

KARMAYOGA
by Swami Vivekanand

Published by **PRABHAT PRAKASHAN PVT. LTD.**
4/19 Asaf Ali Road, New Delhi-110002

ISBN 978-93-89982-36-7

₹ 300.00 (PB)

अनुक्रम

कर्म का चरित्र पर प्रभाव

कर्म शब्द 'कृ' धातु से निकला है; 'कृ' धातु का अर्थ है—करना। जो कुछ किया जाता है, वही कर्म है। इस शब्द का पारिभाषिक अर्थ 'कर्मफल' भी होता है। दार्शनिक दृष्टि से यदि देखा जाए, तो इसका अर्थ कभी-कभी वे फल होते हैं, जिनका कारण हमारे पूर्व कर्म रहते हैं। परंतु कर्मयोग में कर्म शब्द से हमारा मतलब केवल कार्य ही है। मानवजाति का चरम लक्ष्य ज्ञानलाभ है। प्राच्य दर्शनशास्त्र हमारे सम्मुख एकमात्र यही लक्ष्य रखता है। मनुष्य का अंतिम ध्येय सुख नहीं वरन् ज्ञान है; क्योंकि सुख और आनंद का तो एक न एक दिन अंत हो ही जाता है। अतः यह मान लेना कि सुख ही चरम लक्ष्य है, मनुष्य की भारी भूल है। संसार में सब दुःखों का मूल यही है कि मनुष्य अज्ञानवश यह समझ बैठता है कि सुख ही उसका चरम लक्ष्य है। पर कुछ समय के बाद मनुष्य को यह बोध होता है कि जिसकी ओर वह जा रहा है, वह सुख नहीं वरन् ज्ञान है, तथा सुख और दुःख दोनों ही महान् शिक्षक हैं, और जितनी शिक्षा उसे सुख से मिलती है, उतनी ही दुःख से भी। सुख और दुःख ज्यों-ज्यों आत्मा पर से होकर जाते रहते हैं, त्यों-त्यों वे उसके ऊपर अनेक प्रकार के चित्र अंकित करते जाते हैं। और इन चित्रों अथवा संस्कारों की समष्टि के फल को ही हम मानव का 'चरित्र' कहते हैं। यदि तुम किसी मनुष्य का चरित्र देखो, तो प्रतीत होगा कि वास्तव में वह उसकी मानसिक प्रवृत्तियों एवं मानसिक झुकाव की

समष्टि ही है। तुम यह भी देखोगे कि उसके चरित्रगठन में सुख और दुःख दोनों ही समान रूप से उपादान-स्वरूप हैं। चरित्र को एक विशिष्ट ढाँचे में ढालने में अच्छाई और बुराई दोनों का समान अंश रहता है, और कभी-कभी तो दुःख-सुख से भी बड़ा शिक्षक हो जाता है। यदि हम संसार के महापुरुषों के चरित्र का अध्ययन करें, तो मैं कह सकता हूँ कि अधिकांश दशाओं में हम यही देखेंगे कि सुख की अपेक्षा दुःख ने तथा संपत्ति की अपेक्षा दारिद्र्य ने ही उन्हें अधिक शिक्षा दी है एवं प्रशंसा की अपेक्षा निंदारूपी आघात ने ही उसकी अंतस्थ ज्ञानाग्नि को अधिक प्रस्फुरित किया है।

यह ज्ञान मनुष्य में अंतर्निहित है। कोई भी ज्ञान बाहर से नहीं आता, सब अंदर ही है। हम जो कहते हैं कि मनुष्य 'जानता' है, उसे ठीक-ठीक मनोवैज्ञानिक भाषा में व्यक्त करने पर हमें कहना चाहिए कि वह 'आविष्कार' करता है। मनुष्य जो कुछ सीखता है, वह वास्तव में 'आविष्कार करना' ही है। 'आविष्कार' का अर्थ है—मनुष्य का अपनी अनंत ज्ञानस्वरूप आत्मा के ऊपर से आवरण को हटा लेना। हम कहते हैं कि न्यूटन ने गुरुत्वाकर्षण का आविष्कार किया। तो क्या वह आविष्कार कहीं एक कोने में बैठा हुआ न्यूटन की प्रतीक्षा कर रहा था? नहीं, वह उसके मन में ही था। जब समय आया तो उसने उसे ढूँढ़ निकाला। संसार ने जो कुछ ज्ञान लाभ किया है, वह मन से ही निकला है। विश्व का असीम पुस्तकालय तुम्हारे मन में ही विद्यमान है। बाह्य जगत् तो तुम्हें अपने मन को अध्ययन में लगाने के लिए उद्दीपक तथा सहायक मात्र है; परंतु प्रत्येक समय तुम्हारे अध्ययन का विषय तुम्हारा मन ही है। सेव का गिरना न्यूटन के लिए उद्दीपक कारणस्वरूप हुआ और उसने अपने मन का अध्ययन किया। उसने अपने मन में पूर्व से स्थित भाव-शृंखला की कड़ियों को एक बार फिर से व्यवस्थित किया तथा उनमें एक नई कड़ी का आविष्कार किया। उसी को हम गुरुत्वाकर्षण का नियम कहते हैं। यह न तो सेव में था और न पृथ्वी के केंद्र में स्थित किसी अन्य वस्तु में ही।

अतएव समस्त ज्ञान, चाहे वह व्यावहारिक हो अथवा पारमार्थिक, मनुष्य के मन में ही निहित है। बहुधा यह प्रकाशित न होकर ढका रहता है। और जब आवरण धीरे-धीरे हटता जाता है, तो हम कहते हैं कि 'हमें ज्ञान हो रहा है।' ज्यों-ज्यों इस आविष्करण की क्रिया बढ़ती जाती है, त्यों-त्यों हमारे ज्ञान की वृद्धि होती जाती है। जिस मनुष्य पर से यह आवरण उठता जा रहा है, वह अन्य व्यक्तियों की अपेक्षा अधिक ज्ञानी है, और जिस मनुष्य पर यह आवरण तह-पर-तह पड़ा है, वह अज्ञानी है। जिस मनुष्य पर से यह आवरण बिलकुल चला जाता है, वह सर्वज्ञ पुरुष कहलाता है। अतीत में कितने ही सर्वज्ञ पुरुष हो चुके हैं और मेरा विश्वास है कि अब भी बहुत से होंगे तथा आगामी युगों में भी ऐसे असंख्य पुरुष जन्म लेंगे। जिस प्रकार एक चकमक पत्थर के टुकड़े में अग्नि निहित रहती है, उसी प्रकार मनुष्य के मन में ज्ञान रहता है। उद्दीपक-कारण घर्षणस्वरूप हो इस ज्ञानाग्नि को प्रकाशित कर देता है। ठीक ऐसा ही हमारे समस्त भावों और कार्यों के संबंध में भी है। यदि हम शांत होकर स्वयं का अध्ययन करें, तो प्रतीत होगा कि हमारा हँसना-रोना, सुख-दुःख, हर्ष-विषाद, हमारी शुभ कामनाएँ एवं शाप, स्तुति और निंदा ये सब हमारे मन के ऊपर बहिर्जगत् के अनेक घात-प्रतिघात के फलस्वरूप उत्पन्न हुए हैं, और हमारा वर्तमान चरित्र इसी का फल है। ये सब घात-प्रतिघात मिलकर कर्म कहलाते हैं। आत्मा की आभ्यंतरिक अग्नि तथा उसकी अपनी शक्ति एवं ज्ञान को बाहर प्रकट करने के लिए जो मानसिक अथवा भौतिक घात उस पर पहुँचाए जाते हैं, वे ही कर्म हैं। यहाँ कर्म शब्द का उपयोग व्यापक रूप में किया गया है। इस प्रकार, हम सब प्रतिक्षण ही कर्म करते रहते हैं। मैं तुमसे बातचीत कर रहा हूँ—यह कर्म है, तुम सुन रहे हो—यह भी कर्म है; हमारा साँस लेना, चलना आदि भी कर्म है; जो कुछ हम करते हैं, वह शारीरिक हो अथवा मानसिक, सब कर्म ही है; और हमारे ऊपर वह अपना चिह्न अंकित कर जाता है।

कुछ कार्य ऐसे भी होते हैं, जो मानो अनेक छोटे-छोटे कर्मों की समष्टि हैं। उदाहरणार्थ, यदि हम समुद्र के किनारे खड़े हों और लहरों को किनारे से टकराते हुए सुनें, तो ऐसा मालूम होता है कि एक बड़ी भारी आवाज हो रही है। परंतु हम जानते हैं कि एक बड़ी लहर असंख्य छोटी-छोटी लहरों से बनी है। यद्यपि प्रत्येक छोटी लहर अपना शब्द करती है, परंतु फिर भी वह हमें सुनाई नहीं पड़ता। पर ज्योंही ये सब शब्द आपस में मिलकर एक हो जाते हैं, त्योंही बड़ी आवाज सुनाई देती है। इसी प्रकार हृदय की प्रत्येक धड़कन से कार्य हो रहा है। कई कार्य ऐसे होते हैं, जिनका हम अनुभव करते हैं; वे हमारे इंद्रियग्राह्य हो जाते हैं, पर साथ ही वे अनेक छोटे-छोटे कार्यों की समष्टिस्वरूप हैं। यदि तुम सचमुच किसी मनुष्य के चरित्र को जाँचना चाहते हो, तो उसके बड़े कार्यों पर से उसकी जाँच मत करो। एक मूर्ख भी किसी विशेष अवसर पर बहादुर बन जाता है। मनुष्य के अत्यंत साधारण कार्यों की जाँच करो, और असल में वे ही ऐसी बातें हैं, जिनसे तुम्हें एक महान् पुरुष के वास्तविक चरित्र का पता लग सकता है। आकस्मिक अवसर तो छोटे-से-छोटे मनुष्य को भी किसी-न-किसी प्रकार का बड़प्पन दे देते हैं। परंतु वास्तव में बड़ा तो वही है, जिसका चरित्र सदैव और सब अवस्थाओं में महान् रहता है।

व्यक्ति का जिन सब शक्तियों के साथ संबंध आता है, उनमें से कर्मों की वह शक्ति सबसे प्रबल है, जो व्यक्ति के चरित्रगठन पर प्रभाव डालती है। मनुष्य तो मानो एक प्रकार का केंद्र है, और वह संसार की समस्त शक्तियों को अपनी ओर खींच रहा है तथा इस केंद्र में उन सारी शक्तियों को आपस में मिलाकर उन्हें फिर एक बड़ी तरंग के रूप में बाहर भेज रहा है। यह केंद्र ही 'प्रकृत मानव' (आत्मा) है; यह सर्वशक्तिमान तथा सर्वज्ञ है और समस्त विश्व को अपनी ओर खींच रहा है। भला-बुरा, सुख-दुःख सब उसकी ओर दौड़े जा रहे हैं, और जाकर उसके चारों ओर मानो लिपटे जा रहे हैं। और वह उन सब में से चरित्र-रूपी

महाशक्ति का गठन करके उसे बाहर भेज रहा है। जिस प्रकार किसी चीज को अपनी ओर खींच लेने की उसमें शक्ति है, उसी प्रकार उसे बाहर भेजने की भी है।

संसार में हम जो सब कार्य-कलाप देखते हैं, मानव-समाज में जो सब गति हो रही है, हमारे चारों ओर जो कुछ हो रहा है, वह सारा-का-सारा केवल मन का ही खेल है—मनुष्य की इच्छाशक्ति का प्रकाश मात्र है। अनेक प्रकार के यंत्र, नगर, जहाज, युद्धपोत आदि सभी मनुष्य की इच्छाशक्ति के विकास मात्र हैं। मनुष्य की यह इच्छाशक्ति चरित्र से उत्पन्न होती है और वह चरित्र कर्मों से गठित होता है। अतएव, कर्म जैसा होगा, इच्छाशक्ति का विकास भी वैसा ही होगा। संसार में प्रबल इच्छाशक्ति संपन्न जितने महापुरुष हुए हैं, वे सभी धुरंधर कर्मी थे। उनकी इच्छाशक्ति ऐसी जबरदस्त थी कि वे संसार को भी उलट-पुलट दे सकते थे। और यह शक्ति उन्हें युग-युगांतर तक निरंतर कर्म करते रहने से प्राप्त हुई थी। बुद्ध एवं ईसा मसीह में जैसी प्रबल इच्छाशक्ति थी, वह एक जन्म में प्राप्त नहीं की जा सकती। और उसे हम आनुवंशिक शक्तिसंचार भी नहीं कह सकते, क्योंकि हमें ज्ञात है कि उनके पिता कौन थे। हम नहीं कह सकते कि उनके पिता के मुँह से मनुष्य-जाति की भलाई के लिए शायद कभी एक शब्द भी निकला हो। जोसेफ (ईसा मसीह के पिता) के समान तो असंख्य बढ़ई हो गए और आज भी हैं; बुद्ध के पिता के सदृश लाखों छोटे-छोटे राजा हो चुके हैं। अत: यदि वह बात केवल आनुवंशिक शक्ति-संचार के ही कारण हुई हो, तो इसका स्पष्टीकरण कैसे कर सकते हो कि इस छोटे से राजा को, जिसकी आज्ञा का पालन शायद उसके स्वयं के नौकर भी नहीं करते थे, ऐसा एक सुंदर पुत्र-रत्न लाभ हुआ, जिसकी उपासना लगभग आधा संसार करता है? इसी प्रकार, जोसेफ नामक बढ़ई तथा संसार में लाखों लोगों द्वारा ईश्वर के समान पूजे जानेवाले उसके पुत्र ईसा मसीह के बीच जो अंतर है, उसका स्पष्टीकरण कहाँ? आनुवंशिक

शक्तिसंचार के सिद्धांत द्वारा तो इसका स्पष्टीकरण नहीं हो सकता। बुद्ध और ईसा इस विश्व में जिस महाशक्ति का संचार कर गए, वह आई कहाँ से ? उस महान् शक्ति का उद्भव कहाँ से हुआ ? अवश्य, युग-युगांतरों से वह उस स्थान में ही रही होगी, और क्रमश: प्रबलतर होते-होते अंत में बुद्ध तथा ईसा मसीह के रूप में समाज में प्रकट हो गई, और आज तक चली आ रही है।

यह सब कर्म द्वारा ही नियमित होता है। यह सनातन नियम है कि जब तक कोई मनुष्य किसी वस्तु का उपार्जन न करे, तब तक वह उसे प्राप्त नहीं हो सकती। संभव है, कभी-कभी हम इस बात को न मानें, परंतु आगे चलकर हमें इसका दृढ़ विश्वास हो जाता है। एक मनुष्य चाहे जीवन भर धनी होने के लिए एड़ी-चोटी का पसीना एक करता रहे, हजारों मनुष्यों को धोखा दे, परंतु अंत में वह देखता है कि वह संपत्तिशाली होने का अधिकारी नहीं था। तब जीवन उसके लिए दु:खमय और दूभर हो उठता है। हम अपने भौतिक सुखों के लिए भिन्न-भिन्न चीजों को भले ही इकट्ठा करते जाएँ, परंतु वास्तव में जिसका उपार्जन हम अपने कर्मों द्वारा करते हैं, वही हमारा होता है। एक मूर्ख संसार भर की सारी पुस्तकें मोल लेकर भले ही अपने पुस्तकालय में रख ले, परंतु वह केवल उन्हीं को पढ़ सकेगा, जिनको पढ़ने का वह अधिकारी होगा, और यह अधिकार कर्म द्वारा ही प्राप्त होता है। हम किसके अधिकारी हैं, हम अपने भीतर क्या-क्या ग्रहण कर सकते हैं, इस सबका निर्णय कर्म द्वारा ही होता है।

अपनी वर्तमान अवस्था के जिम्मेदार हम ही है; और जो कुछ हम होना चाहें, उसकी शक्ति भी हमीं में है। यदि हमारी—वर्तमान अवस्था हमारे ही पूर्व कर्मों का फल है, तो यह निश्चित है कि जो कुछ हम भविष्य में होना चाहते हैं, वह हमारे वर्तमान कार्यों द्वारा ही निर्धारित किया जा सकता है। अतएव हमें यह जान लेना आवश्यक है कि कर्म किस प्रकार किए जाएँ। संभव है, तुम कहो, 'कर्म करने की शैली जानने से क्या लाभ ?'

संसार में प्रत्येक मनुष्य किसी-न-किसी प्रकार से तो काम करता ही रहता है। परंतु यह भी ध्यान रखना चाहिए कि शक्तियों का निरर्थक क्षय भी कोई चीज होती है। गीता का कथन है, कर्मयोग का अर्थ है—कुशलता से अर्थात् वैज्ञानिक प्रणाली से कर्म करना। कर्मानुष्ठान की विधि ठीक-ठीक जानने से मनुष्य को श्रेष्ठ फल प्राप्त हो सकता है। यह स्मरण रखना चाहिए कि समस्त कर्मों का उद्देश्य है मन के भीतर पहले से ही स्थित शक्ति को प्रकट कर देना, आत्मा को जाग्रत् कर देना। प्रत्येक मनुष्य के भीतर पूर्ण शक्ति और पूर्ण ज्ञान विद्यमान है। भिन्न-भिन्न कर्म इन महान् शक्तियों को जाग्रत् करने तथा बाहर प्रकट कर देने में साधन मात्र हैं।

मनुष्य अनेक प्रकार के हेतु लेकर कार्य किया करता है, क्योंकि बिना हेतु के कार्य हो ही नहीं सकता। कुछ लोग यश चाहते हैं, और वे यश के लिए काम करते हैं। दूसरे पैसा चाहते हैं, और वे पैसे के लिए काम करते हैं। फिर कोई अधिकार प्राप्त करना चाहते हैं, और वे अधिकार के लिए काम करते हैं। कुछ और स्वर्ग पाना चाहते हैं, और वे उसी के लिए प्रयत्न करते हैं। फिर कुछ लोग अपने बाद अपना नाम छोड़ जाने के इच्छुक होते हैं। चीन देश में प्रथा है कि मनुष्य की मृत्यु के बाद ही उसे उपाधि दी जाती है; किसी ने यदि बहुत अच्छा कार्य किया, तो उसके मृत-पिता अथवा पितामह को कोई सम्माननीय उपाधि दे दी जाती है। कुछ लोग उसी के लिए यत्न करते हैं। विचार करके देखने पर यह प्रथा हमारे यहाँ की अपेक्षा अच्छी ही कही जा सकती है। इसलाम धर्म के कुछ संप्रदायों के अनुयायी इस बात के लिए आजन्म काम करते रहते हैं कि मृत्यु के बाद उनकी एक बड़ी कब्र बने। मैं कुछ ऐसे संप्रदायों को जानता हूँ, जिनमें बच्चे के पैदा होते ही उसके लिए एक कब्र बना दी जाती है, और यही उन लोगों के अनुसार मनुष्य का सबसे जरूरी काम होता है। जिसकी कब्र जितनी बड़ी और सुंदर होती है, वह उतना ही अधिक सुखी समझा जाता है। कुछ लोग प्रायश्चित् के रूप में कर्म किया करते हैं,

अर्थात् अपने जीवन भर अनेक प्रकार के दुष्ट कर्म कर चुकने के बाद एक मंदिर बनवा देते हैं, अथवा पुरोहितों को कुछ धन दे देते हैं, जिससे कि वे उनके लिए मानो स्वर्ग का टिकट खरीद देंगे! वे सोचते हैं कि बस इससे रास्ता साफ हो गया, अब हम निर्विघ्न चले जाएँगे। इस प्रकार, मनुष्य को कार्य में लगानेवाले बहुत से उद्‌देश्य रहते हैं, ये उनमें से कुछ हुए।

अब हम कार्य के लिए ही कार्य—इस के संबंध में कुछ विचार करते हैं। प्रत्येक देश में कुछ ऐसे नर-रत्न होते हैं, जो केवल कर्म के लिए ही कर्म करते हैं। वे नाम-यश अथवा स्वर्ग की भी परवाह नहीं करते। वे केवल इसलिए कर्म करते हैं कि उससे दूसरों की भलाई होती है। कुछ लोग ऐसे भी होते हैं, जो और भी उच्चतर उद्‌देश्य लेकर गरीबों के प्रति भलाई तथा मनुष्य-जाति की सहायता करने के लिए अग्रसर होते हैं, क्योंकि भलाई में उनका विश्वास है और उसके प्रति प्रेम है। देखा जाता है कि नाम तथा यश के लिए किया गया कार्य बहुधा शीघ्र फलित नहीं होता। ये चीजें तो हमें उस समय-प्राप्त होती हैं, जब हम वृद्ध हो जाते हैं और जिंदगी की आखिरी घड़ियाँ गिनते रहते हैं। यदि कोई मनुष्य निस्स्वार्थता से कार्य करे, तो क्या उसे कोई फलप्राप्ति नहीं होती? असल में तभी तो उसे सर्वोच्च फल की प्राप्ति होती है और सच पूछा जाए, तो निस्स्वार्थता अधिक फलदायी होती है, पर लोगों में इसका अभ्यास करने का धीरज नहीं रहता। व्यावहारिक दृष्टि से भी यह अधिक लाभदायक है। प्रेम, सत्य तथा निस्स्वार्थता नीति-संबंधी आलंकारिक वर्णन मात्र नहीं है, वे तो हमारे सर्वोच्च आदर्श है, क्योंकि वे शक्ति की महान् अभिव्यक्ति हैं।

पहली बात यह है कि यदि कोई मनुष्य पाँच दिन, उतना क्यों, पाँच मिनट भी बिना भविष्य का चिंतन किए, बिना स्वर्ग, नरक या अन्य किसी के संबंध में सोचे, निस्स्वार्थता से काम कर सके तो वह एक महापुरुष बन सकता है। यद्यपि इसे कार्यरूप में परिणत करना कठिन है, फिर भी अपने हृदय के अंतस्तल से हम इसका महत्त्व समझते हैं और

जानते हैं कि इससे क्या भलाई होती है। यह शक्ति की महत्तम अभिव्यक्ति है, इसके लिए प्रबल संयम की आवश्यकता है। अन्य सब बहिर्मुखी कर्मों की अपेक्षा इस आत्मसंयम में शक्ति का अधिक प्रकाश होता है। एक चार घोड़ोंवाली गाड़ी उतार पर बड़ी आसानी से धड़धड़ाती हुई आ सकती है, अथवा सईस घोड़ों को रोक सकता है। इन दोनों में अधिक शक्ति का विकास किसमें होता है? घोड़ों को छोड़ देने में, अथवा उन्हें रोकने में? एक तोप का गोला हवा में काफी दूर तक चला जाता है और फिर गिर पड़ता है। परंतु दूसरा दीवार से टकराकर रुक जाने से उतनी दूर नहीं जा सकता, पर उस टकराने से बड़ी अहा-सी निकलती है। इसी प्रकार, मन की सारी बहिर्मुखी गति किसी स्वार्थपूर्ण उद्‌देश्य की ओर दौड़ती रहने से छिन्न-भिन्न होकर बिखर जाती है, वह फिर तुम्हारे पास लौटकर तुम्हारे शक्तिविकास में सहायक नहीं होती। परंतु यदि उसका संयम किया जाए, तो उससे शक्ति की वृद्धि होती है। इस आत्मसंयम से एक महान् इच्छाशक्ति का प्रादुर्भाव होता है; वह एक ऐसे चरित्र का निर्माण करता है, जो जगत् को अपने इशारे पर चला सकता है। अज्ञानियों को इस रहस्य का पता नहीं रहता, परंतु फिर भी वे मनुष्य-जाति पर शासन करने के इच्छुक रहते हैं।

एक अज्ञानी पुरुष भी यदि धीरज रखे, तो समस्त संसार पर शासन कर सकता है। यदि वह कुछ वर्ष तक धीरज रखे तथा अपने इस अज्ञानसुलभ जगत्-शासन के भाव को संयत कर ले, तो इस भाव के समूल नष्ट होते ही वह संसार पर शासन कर सकेगा। परंतु जिस प्रकार कुछ पशु अपने से दो-चार कदम आगे कुछ नहीं देख सकते, इसी प्रकार हममें से अधिकांश लोग भविष्य के बारे में नितांत अदूरदर्शी होते हैं। हमारा संसार मानो एक क्षुद्र वर्तुल सा होता है, हम बस उसी में आबद्ध रहते हैं। हममें दूरदर्शिता के लिए धैर्य नहीं रहता और इसीलिए हम दुष्ट और नीच हो जाते हैं। यह हमारी कमजोरी है, शक्तिहीनता है।

अत्यंत सामान्य कर्मों को भी घृणा की दृष्टि से नहीं देखना चाहिए। जो मनुष्य कोई श्रेष्ठ आदर्श नहीं जानता, उसे स्वार्थ दृष्टि से ही—नाम-यश के लिए ही—काम करने दो। परंतु यह आवश्यक है कि प्रत्येक मनुष्य को उच्चतर ध्येयों की ओर बढ़ने तथा उन्हें समझने का प्रबल यत्न करते रहना चाहिए। हमें कर्म करने का ही अधिकार है, कर्मफल में हमारा कोई अधिकार नहीं। कर्मफलों को एक ओर रहने दो, उनकी चिंता हमें क्यों हो? यदि तुम किसी मनुष्य की सहायता करना चाहते हो, तो इस बात की कभी चिंता न करो कि उस आदमी का व्यवहार तुम्हारे प्रति कैसा रहता है। यदि तुम एक श्रेष्ठ एवं भला कार्य करना चाहते हो, तो यह सोचने का कष्ट मत करो कि उसका फल क्या होगा।

यहाँ कर्म के इस आदर्श के संबंध में एक कठिन प्रश्न उठता है। कर्मयोगी के लिए सतत कर्मशीलता आवश्यक है; हमें सदैव कर्म करते रहना चाहिए। बिना कार्य के हम एक क्षण भी नहीं रह सकते। तो फिर प्रश्न यह है कि आराम के बारे में क्या होगा? यहाँ इस जीवन-संग्राम के एक ओर है कर्म, जिसके तीव्र भँवर में फँसे हम लोग चक्कर काट रहे हैं और दूसरी ओर है शांति-सभी, मानो निवृत्तिमुखी हैं, चारों ओर सब शांत, स्थिर, किसी प्रकार का कोलाहल नहीं, केवल प्रकृति अपने जीवों, पुष्पों और गिरि-गुफाओं के साथ विराज रही है। पर इन दोनों में से कोई भी पूर्ण आदर्श का चित्र नहीं है। यदि एक ऐसा मनुष्य जिसे एकांतवास का अभ्यास है, संसार के चक्कर में घसीट लिया जाए, तो उसका उसी प्रकार ध्वंस हो जाएगा, जिस प्रकार समुद्र की गहराई में रहनेवाली एक विशेष प्रकार की मछली पानी की सतह पर लाए जाते ही टुकड़े-टुकड़े होकर मर जाती है; क्योंकि सतह पर पानी का वह दबाव नहीं है, जिसके कारण वह जीवित रहती थी।

इसी प्रकार एक ऐसा मनुष्य, जो सांसारिक तथा सामाजिक जीवन के कोलाहल का अभ्यस्त रहा है, यदि किसी शांत स्थान को ले जाया

जाए, तो क्या वह शांतिपूर्वक रह सकता है? कदापि नहीं। उसे क्लेश होता है, और संभव है उसका मस्तिष्क ही फिर जाए। आदर्श पुरुष तो वे हैं, जो परम शांत एवं निस्तब्धता के बीच भी तीव्र कर्म का, प्रबल कर्मशीलता के बीच भी मरुस्थल की शांति एवं निस्तब्धता का अनुभव करते हैं। उन्होंने संयम का रहस्य जान लिया है—अपने ऊपर विजय प्राप्त कर चुके हैं। किसी बड़े शहर की भरी हुई सड़कों के बीच से जाने पर भी उनका मन उसी प्रकार शांत रहता है, मानो वे किसी नि:शब्द गुफा में हों, और फिर भी उनका मन सारे समय कर्म में तीव्र रूप से लगा रहता है। यही कर्मयोग का आदर्श है, और यदि तुमने यह प्राप्त कर लिया है, तो तुम्हें वास्तव में कर्म का रहस्य ज्ञात हो गया।

परंतु हमें शुरू से आरंभ करना पड़ेगा। जो कार्य हमारे सामने आते जाएँ, उन्हें हम हाथ में लेते जाएँ और शनै:-शनै: हम अपने को दिन-प्रतिदिन निस्स्वार्थ बनाने का प्रयत्न करें। हमें कर्म करते रहना चाहिए तथा यह पता लगाना चाहिए कि उस कार्य के पीछे हमारा हेतु क्या है। ऐसा होने पर हम देख पाएँगे कि आरंभावस्था में प्राय: हमारे सभी कार्यों का हेतु स्वार्थपूर्ण रहता है। किंतु धीरे-धीरे यह स्वार्थपरायणता अध्यवसाय से नष्ट हो जाएगी, और अंत में वह समय आ जाएगा, जब हम वास्तव में स्वार्थ से रहित होकर कार्य करने के योग्य हो सकेंगे। हम सभी यह आशा कर सकते हैं कि जीवन-पथ में अग्रसर होते-होते किसी-न-किसी दिन वह समय अवश्य ही आएगा, जब हम पूर्ण रूप से निस्स्वार्थ बन जाएँगे; और ज्योंही हम उस अवस्था को प्राप्त कर लेंगे, हमारी समस्त शक्तियाँ केंद्रीभूत हो जाएँगी तथा हमारा आभ्यंतरिक ज्ञान प्रकट हो जाएगा।

❑

अपने-अपने कार्यक्षेत्र में सब बड़े हैं

सांख्य मत के अनुसार प्रकृति त्रिगुणमयी है। ये तीन गुण हैं—सत्त्व, रज तथा तम। बाह्य जगत् में इन तीन गुणों का प्रकाश साम्यावस्था, क्रियाशीलता तथा जड़ता के रूप में दिखाई देता है। तम की व्याख्या अंधकार अथवा कर्मशून्यता के रूप में होती है, रज की कर्मशीलता अर्थात् आकर्षण एवं विकर्षण के रूप में, और सत्त्व इन दोनों की साम्यावस्था तथा संयमरूप होता है।

प्रत्येक व्यक्ति इन तीन गुणों से निर्मित है। कभी-कभी जब तमोगुण प्रबल होता है, तो हम सुस्त हो जाते हैं, तब मानो हिलडुल तक नहीं सकते और निष्कर्म होकर कुछ विशिष्ट भावनाओं के दास हो जाते हैं। फिर कभी-कभी कर्मशीलता का प्राबल्य होता है; और कभी-कभी इन दोनों के संयमरूप सत्त्व की प्रबलता होती है, जिससे मन शांत भाव धारण करता है। फिर, भिन्न-भिन्न मनुष्यों में इन गुणों में से कोई एक सबसे प्रबल होता है। एक मनुष्य में कर्मशून्यता, सुस्ती और आलस्य के गुण प्रबल रहते हैं; दूसरे में कर्मशीलता, उत्साह एवं शक्ति के, और तीसरे में हम शांति, मृदुता एवं माधुर्य का भाव देखते हैं, जो पूर्वोक्त दोनों गुणों अर्थात् कर्मशीलता एवं कर्मशून्यता का सामंजस्य-स्वरूप होता है। इस प्रकार संपूर्ण सृष्टि में—पशुओं, वृक्षों और मनुष्यों में—हमें इन विभिन्न

गुणों का, न्यूनाधिक मात्रा में, वैशिष्ट्यपूर्ण प्रकाश दिखाई देता है।

कर्मयोग का संबंध मुख्यत: इन तीन गुणों से है। कर्मयोग हमें यह बतलाकर कि उनका स्वरूप क्या है तथा उनका किस प्रकार उपयोग होना चाहिए, हमें अपना कार्य अच्छी तरह से करने की शिक्षा देता है। मानव-समाज एक श्रेणीबद्ध संस्था है, इसके अंतर्गत सभी मनुष्य एक-एक श्रेणी में विभक्त और भिन्न-भिन्न सोपान में अवस्थित हैं। हम सभी जानते हैं कि सदाचार तथा कर्तव्य किसे कहते हैं; परंतु फिर भी हम देखते हैं कि भिन्न-भिन्न देशों में सदाचार के संबंध में अलग-अलग धारणाएँ हैं। एक देश में जो बात सदाचारयुक्त मानी जाती है, संभव है, दूसरे देश में वही नितांत दुराचार समझी जाए। उदाहरणार्थ, एक देश में चचेरे भाई-बहिन आपस में विवाह कर सकते हैं, परंतु दूसरे देश में यही बात बुरी मानी जाती है। किसी देश में लोग अपनी साली से विवाह कर सकते हैं, परंतु यही बात दूसरे देश में बड़ी खराब समझी जाती है। फिर कहीं-कहीं लोग एक ही बार विवाह कर सकते हैं, और कहीं-कहीं कई बार, इत्यादि-इत्यादि। इसी प्रकार, सदाचार की अन्यान्य बातों के संबंध में भी विभिन्न देशों में बहुत भिन्न-भिन्न धारणाएँ रहती हैं। फिर भी हमारी यह धारणा है कि सदाचार का एक सार्वभौमिक आदर्श अवश्य है।

यही बात कर्तव्य के बारे में भी है। भिन्न-भिन्न जातियों में कर्तव्य के बारे में अलग-अलग धारणा होती है। किसी देश में यदि एक मनुष्य कुछ विशिष्ट कार्य नहीं करता, तो लोग उस पर दोषारोपण करते हैं; परंतु अन्य किसी देश में यदि वह मनुष्य वही कार्य करता है, तो वहाँ के लोग कहते हैं कि उसने ठीक नहीं किया। फिर भी हम जानते हैं कि कर्तव्य का एक सार्वभौमिक आदर्श अवश्य है। इसी प्रकार, एक समाज सोचता है कि कुछ विशिष्ट बातें ही कर्तव्य-स्वरूप है; परंतु दूसरे समाज का विचार बिलकुल विपरीत होता है और वह उन कार्यों को करना एक पातक समझेगा। अब हमारे समुख दो मार्ग खुले हैं। एक अज्ञानी का, जो सोचता

है कि सत्य का मार्ग केवल एक ही है तथा अन्य सब भ्रमात्मक हैं; और दूसरा ज्ञानी का, जो यह मानता है कि हमारी मानसिक दशा तथा परिस्थिति के अनुसार कर्तव्य तथा सदाचार भिन्न-भिन्न हो सकते हैं। अतएव जानने योग्य प्रधान बात यह है कि कर्तव्य तथा सदाचार के विभिन्न स्तर होते हैं, और एक अवस्था के, एक परिस्थिति के कर्तव्य दूसरी परिस्थिति के कर्तव्य नहीं हो सकते।

उदाहरण के लिए सब महापुरुषों का उपदेश है कि अशुभ के प्रतिकार की चेष्टा नहीं करनी चाहिए। अशुभ का अप्रतिकार ही सर्वोच्च नैतिक आदर्श है। हम जानते हैं कि यदि हम लोग इस कहावत को पूर्णतः चरितार्थ करने लगें, तो समाज के सारे बंधन ही छिन्न-भिन्न हो जाएँ। चोर और लुटेरे हमारी जान-माल पर हाथ साफ करने और मनमानी करने लगे। यदि इस प्रकार का अप्रतिकार-धर्म एक दिन भी आचरण में लाया गया, तो बड़ी गड़बड़ी मच जाएगी। परंतु फिर भी अपने हृदय के अंतस्तल से हम अप्रतिकार-रूप उपदेश की सत्यता भीतर-ही-भीतर अनुभव करते रहते हैं, हमें यह सर्वोच्च आदर्श प्रतीत होता है; परंतु यदि केवल इस मत का ही प्रचार किया जाए, तब तो अधिकांश मनुष्यों को ही अन्यायकर्मी कहकर तिरस्कृत कर देना होगा। इतना ही नहीं, बल्कि इसके द्वारा मनुष्यों को सदा यही अनुभव होने लगेगा कि वे अन्याय ही कर रहे हैं। उनके हृदय में प्रत्येक कार्य के बारे में संकल्प-विकल्प सा होने लगेगा, उनका मन दुर्बल हो जाएगा तथा अन्य किसी व्यसन की अपेक्षा आत्म-धिक्कार उनमें अधिक दुर्गुणों का संचार कर देगा। जो व्यक्ति अपने प्रति घृणा करने लगा है, उसके पतन का द्वार खुल चुका है। और यही बात जाति के संबंध में भी घटती है। हमारा पहला कर्तव्य यह है कि हम अपने प्रति घृणा न करें; क्योंकि आगे बढ़ने के लिए यह आवश्यक है कि पहले हम स्वयं में विश्वास रखें और फिर ईश्वर में जिसे स्वयं में विश्वास नहीं, उसे ईश्वर में कभी भी विश्वास नहीं हो सकता। अतएव हमारे लिए जो

एकमात्र रास्ता रह जाता है, वह यह कि हम समझ लें कि कर्तव्य तथा सदाचार की धारणा विभिन्न परिस्थितियों के अनुसार बदलती रहती है। यह बात नहीं कि जो मनुष्य अशुभ का प्रतिकार कर रहा है, वह कोई ऐसा काम है, जो सदा और स्वभावतः अन्यायपूर्ण है, वरन् भिन्न-भिन्न परिस्थितियों के अनुसार अशुभ का प्रतिकार करना उसका कर्तव्य ही हो सकता है।

संभव है, श्रीमद्भगवद्गीता का द्वितीय अध्याय पढ़कर तुम पाश्चात्य देशवालों में से बहुतों को आश्चर्य हुआ हो, क्योंकि उस अध्याय में भगवान् श्रीकृष्ण ने अर्जुन को कपटी तथा डरपोक कहा है और वह इसलिए कि अर्जुन ने अपने संबंधियों तथा मित्रों से यह कहकर लड़ने अथवा संघर्ष करने से इनकार कर दिया था कि अहिंसा परम धर्म है। हमारे लिए समझने की यह एक बड़ी बात है कि प्रत्येक कार्य की दोनों चरम विपरीत अवस्थाएँ एक जैसी दिखाई देती हैं। चरम अस्ति और चरम नास्ति दोनों सदैव एक-समान दिखाई देती हैं। उदाहरणार्थ, आलोक का स्पंदन यदि अत्यंत मृदु होता है, तो हम उसे नहीं देख सकते; और इसी प्रकार जब वह अत्यंत द्रुत होता है, तब भी हम उसे देखने में असमर्थ होते हैं। शब्द के संबंध में भी ठीक ऐसा ही है। न तो उसके बहुत मृदु होने पर हम उसे सुन सकते हैं और न उसके बहुत उच्च होने पर। इसी प्रकार का भेद प्रतिकार तथा अप्रतिकार में है। एक मनुष्य इसलिए प्रतिकार नहीं करता कि वह कमजोर है, सुस्त है, असमर्थ है; दूसरी ओर एक दूसरा मनुष्य है, जो यह जानता है कि यदि वह चाहे तो जबरदस्त प्रतिकार कर सकता है, परंतु फिर भी यह केवल अप्रतिकार ही नहीं करता, वरन् अपने शत्रुओं के प्रति शुभ कामनाएँ भी प्रकट करता है। अतः वह मनुष्य, जो दुर्बलता के कारण प्रतिकार नहीं करता, पापग्रस्त होता है और इसलिए अप्रतिकार से कोई लाभ नहीं उठा सकता; परंतु दूसरा मनुष्य यदि प्रतिकार करे, तो वह भी पाप का भागी होता है। बुद्ध ने जो अपने राजवैभव तथा

सिंहासन छोड़ दिया, उसे हम सच्चा त्याग कह सकते हैं; परंतु एक भिखारी के संबंध में त्याग का कोई प्रश्न ही नहीं उठता, क्योंकि उसके पास तो त्याग करने को कुछ है ही नहीं। अतएव जब हम अप्रतिकार तथा आदर्श प्रेम की बात करते हैं, तब यह विशेष रूप से नजर रखना आवश्यक है कि हम किस विषय की ओर लक्ष्य कर रहे हैं। हमें पहले यह ध्यानपूर्वक सोच लेना चाहिए कि हममें प्रतिकार की शक्ति है भी या नहीं। तब फिर शक्तिशाली होते हुए भी यदि हम प्रतिकार न करें, तो वास्तव में हम एक महान् कार्य करते हैं; परंतु यदि हम प्रतिकार कर ही न सकते हों, और फिर भी भ्रमवश यही सोचते रहें कि हम उच्च प्रेम की प्रेरणा से ही कार्य कर रहे हैं, तो यह पहले के ठीक विपरीत ही होगा। अपने विपक्ष में शक्तिशाली सेना को खड़ी देखकर अर्जुन बुजदिल हो गया; उसके प्रेम ने उसे अपने देश तथा राजा के प्रति अपने कर्तव्य को भुला दिया। इसीलिए तो भगवान् श्रीकृष्ण ने उससे कहा कि "तू ढोंगी है, एक ज्ञानी के सदृश तू बातें तो करता है, परंतु तेरे कर्म बुजदिल जैसे हैं। इसलिए तू उठ, खड़ा हो और युद्ध कर।"

यह है कर्मयोग का असली भाग। कर्मयोगी वही है, जो समझता है कि सर्वोच्च आदर्श 'अप्रतिकार' है, जो जानता है कि यह अप्रतिकार ही मनुष्य की आंतरिक शक्ति का उच्चतम विकास है और जो यह भी जानता है कि जिसे हम अन्याय का प्रतिकार कहते हैं, वह इस अप्रतिकार-रूप उच्चतम शक्ति की प्राप्ति के मार्ग में केवल एक सीढ़ी मात्र है। इस सर्वोच्च आदर्श को प्राप्त करने के पहले अन्याय का प्रतिकार करना मनुष्य का कर्तव्य है। पहले वह कार्य करे, युद्ध करे, यथाशक्ति प्रतिद्वंद्विता करे। जब उसमें प्रतिकार की यह शक्ति आ जाएगी, केवल तभी 'अप्रतिकार' उसके लिए एक गुणस्वरूप होगा।

अपने देश में एक बार एक व्यक्ति के साथ मेरी मुलाकात हुई। मैं पहले से ही जानता था कि वह आलसी, बुद्धिहीन और अज्ञ है। उसे कुछ

जानने की स्पृहा भी न थी। सारांश यह कि वह पशुवत् अपना जीवन व्यतीत करता था। उसने मुझसे प्रश्न किया, ''भगवान् की प्राप्ति के लिए मुझे क्या करना चाहिए? मैं किस प्रकार मुक्त हो सकूँगा?'' मैंने उससे पूछा, ''क्या तुम झूठ बोल सकते हो?'' उसने उत्तर दिया, ''नहीं।'' मैंने कहा, ''तब तुम पहले झूठ बोलना सीखो। पशुवत् अथवा एक लट्ठे के सदृश जड़वत् जीवन-यापन करने की अपेक्षा झूठ बोलना कहीं अच्छा है। तुम अकर्मण्य हो। अवश्य तुम उस सर्वोच्च निष्क्रिय अवस्था तक पहुँचे नहीं, जो सब कर्मों से परे और परम शांतिपूर्ण है। और तो और, तुम इतने जड़भावापन्न हो कि एक बुरा कार्य करने की भी तुममें ताकत नहीं!'' अवश्य इतने तामसिक पुरुष बहुधा नहीं होते, और सच पूछो तो मैं उससे मजाक ही कर रहा था। पर मेरा मतलब यह था कि संपूर्ण निष्क्रिय अवस्था या शांतभाव प्राप्त करने के लिए मनुष्य को कर्मशीलता में से होकर जाना होगा।

आलस्य का प्रत्येक दशा में त्याग करना चाहिए। क्रियाशीलता का अर्थ है 'प्रतिकार'। मानसिक तथा शारीरिक समस्त दुर्बलताओं का प्रतिकार करो; और जब तुम इस प्रतिकार में सफल हो जाओगे, तभी शांति प्राप्त होगी। यह कहना बड़ा सरल है कि किसी से घृणा मत करो; किसी अशुभ का प्रतिकार मत करो, परंतु हम जानते हैं कि इसे कार्यरूप में परिणत करना क्या चीज है। जब सारे समाज की आँखें हमारी ओर फिरती हैं, तो हम अप्रतिकार का स्वाँग भले ही करें, परंतु हमारे हृदय में प्रतिकार-वासना की टोंच सदैव बनी रहती है। यथार्थ अप्रतिकार के भाव से हृदय में जो शांति अनुभूत होती है, उसका अभाव हमें निरंतर खलता रहता है; हमें ऐसा लगता है कि प्रतिकार करना ही अच्छा है। यदि तुम्हें धन की इच्छा है और साथ ही तुम्हें यह भी मालूम है कि जो मनुष्य धन का इच्छुक है, उसे संसार दुष्ट कहता है, तो संभव है, तुम धन प्राप्त करने के लिए प्राणपण से चेष्टा करने का साहस न करो, परंतु फिर भी तुम्हारा मन

दिन-रात धन के पीछे ही दौड़ता रहेगा। पर यह तो सरासर कपटता है और इससे कोई लाभ नहीं होता। संसार में कूद पड़ो, और जब तुम इसके समस्त सुख और दुःख भोग लोगे, तभी त्याग आएगा, तभी शांति प्राप्त होगी। अतएव प्रभुत्व-लाभ की अथवा अन्य जो कुछ तुम्हारी वासना हो, वह सब पहले पूरी कर लो; और जब तुम्हारी सारी वासनाएँ पूर्ण हो जाएँगी, तब एक समय ऐसा आएगा, जब तुम्हें यह मालूम हो जाएगा कि वे सब चीजें बहुत छोटी हैं। परंतु जब तक तुम्हारी वह वासना तृप्त नहीं होती, जब तक तुम उस कर्मशीलता में से होकर नहीं जा चुकते, तब तक तुम्हारे लिए उस शांतभाव एवं आत्मसमर्पण तक पहुँचना नितांत असंभव है। यह अहिंसा-तत्त्व, यह अप्रतिकार-धर्म गत हजारों वर्षों से प्रचारित होता आया है—प्रत्येक व्यक्ति ही इसके बारे में बचपन से सुनता आया है, परंतु फिर भी आज संसार में हमें बहुत कम लोग दिखाई देते हैं, जो वास्तव में उस स्थिति तक पहुँच सके हैं। मैंने लगभग आधे संसार का भ्रमण कर डाला है, परंतु मुझे शायद ऐसे बीस मनुष्य भी नहीं मिले, जो वास्तव में शांत तथा अहिंसा प्रकृतिवाले हों।

प्रत्येक मनुष्य का कर्तव्य है कि वह अपना आदर्श लेकर उसे अपने जीवन में ढालने का प्रयत्न करे। बजाय इसके कि वह दूसरों के आदर्शों को लेकर चरित्र गढ़ने की चेष्टा करे, अपने ही आदर्श का अनुसरण करना सफलता का अधिक निश्चित मार्ग है। संभव है, दूसरे का आदर्श वह अपने जीवन में ढालने में कभी समर्थ न हो। उदाहरणार्थ, यदि हम एक छोटे बच्चे से एकदम बीस मील चलने को कह दें, तो या तो वह बेचारा मर जाएगा, या यदि हजार में से एक-आध रेंगता-राँगता कहीं पहुँचा भी, तो वह अधमरा हो जाएगा। बस हम भी संसार के साथ ऐसा ही करने का प्रयत्न करते हैं। किसी समाज के सब स्त्री-पुरुष न एक मन के होते हैं, न एक ही योग्यता के और न एक ही शक्ति के। अतएव उनमें से प्रत्येक का आदर्श भी भिन्न-भिन्न होना चाहिए; और इन आदर्शों में से एक का

भी उपहास करने का हमें कोई अधिकार नहीं। अपने आदर्श को प्राप्त करने के लिए प्रत्येक को जितना हो सके, यत्न करने दो। फिर यह भी ठीक नहीं कि मैं तुम्हारे अथवा तुम मेरे आदर्श द्वारा जाँचे जाओ। आम की तुलना इमली से नहीं होनी चाहिए और न इमली की आम से। आम की तुलना के लिए आम ही लेना होगा, और इमली के लिए इमली। इसी प्रकार हमें अन्य सब के संबंध में भी समझना चाहिए।

सृष्टि का नियम है बहुत्व में एकत्व। प्रत्येक स्त्री-पुरुष में व्यक्तिगत रूप से कितना भी भेद क्यों न हो, उन सबके पीछे वह एकत्व ही विद्यमान है। स्त्री-पुरुषों के भिन्न-भिन्न चरित्र एवं उनकी अलग-अलग श्रेणियाँ सृष्टि की स्वाभाविक विभिन्नता मात्र हैं। अतएव एक ही आदर्श द्वारा सब की जाँच करना अथवा सबके सामने एक ही आदर्श रखना किसी भी प्रकार उचित नहीं है। ऐसा करने से केवल एक अस्वाभाविक संघर्ष उत्पन्न हो जाता है और फल यह होता है कि मनुष्य स्वयं से ही घृणा करने लगता है तथा धार्मिक एवं उच्च बनने से रुक जाता है। हमारा कर्तव्य तो यह है कि हम प्रत्येक को उसके अपने उच्चतम आदर्श को प्राप्त करने के लिए प्रोत्साहित करें तथा उस आदर्श को सत्य के जितना निकटवर्ती हो सके जाने की चेष्टा करें।

हम देखते हैं कि हिंदू नीतिशास्त्र में यह तत्त्व बहुत प्राचीन काल से ही अपनाया जा चुका है; और हिंदुओं के धर्मशास्त्र तथा नीति-संबंधी पुस्तकों में ब्रह्मचर्य, गृहस्थ, वानप्रस्थ तथा संन्यास इन सब विभिन्न आश्रमों के लिए भिन्न-भिन्न विधियों का वर्णन है।

हिंदू धर्म शास्त्रों के अनुसार मानवजाति के साधारण कर्तव्यों के अतिरिक्त प्रत्येक मनुष्य के जीवन में कुछ विशेष-विशेष कर्तव्य होते हैं। एक हिंदू को पहले ब्रह्मचर्याश्रम अर्थात् छात्रजीवन का अवलंबन करना पड़ता है; इसके बाद वह विवाह करके गृहस्थ हो जाता है; वृद्धावस्था में गृहस्थाश्रम से अवकाश लेकर वह वानप्रस्थ धर्म का अवलंबन करता है;

और अंत में वह संसार को त्यागकर संन्यासी हो जाता है।

जीवन के इन भिन्न-भिन्न आश्रमों में भिन्न-भिन्न कर्तव्य होते हैं। वास्तव में इन आश्रमों में कोई किसी से श्रेष्ठ नहीं है; एक गृहस्थ का जीवन भी उतना ही श्रेष्ठ है, जितना कि एक ब्रह्मचारी का, जिसने अपना जीवन धर्मकार्य के लिए उत्सर्ग कर दिया है। सड़क का भंगी भी उतना ही उच्च तथा श्रेष्ठ है, जितना कि एक सिंहासनारूढ़ राजा। थोड़ी देर के लिए उसे गद्दी पर से उतार दो और उसे मेहतर का काम दो, फिर देखें, वह कैसा काम करता है। इसी प्रकार उस मेहतर को राजा बना दो; देखें, वह कैसे राज्य चलाता है। यह कहना व्यर्थ है कि गृहस्थ से संन्यासी श्रेष्ठ है। संसार को छोड़कर, स्वच्छंद और शांत जीवन में रहकर ईश्वरोपासना करने की अपेक्षा संसार में रहते हुए ईश्वर की उपासना करना बहुत कठिन है। आज तो भारत में जीवन के ये चार आश्रम घटकर केवल दो ही रह गए हैं—गृहस्थ एवं संन्यास। गृहस्थ विवाह करता है और नागरिक बनकर अपने कर्तव्यों का पालन करता है तथा संन्यासी अपनी समस्त शक्तियों को केवल ईश्वरोपासना एवं धर्मोपदेश में लगा देता है।

मैं अब महानिर्वाण-तंत्र से गृहस्थ के कर्तव्य-संबंधी कुछ श्लोक उद्धृत करता हूँ। यह सुनकर तुम जान पाओगे कि किसी व्यक्ति के लिए गृहस्थ होकर अपने सब कर्तव्यों का उचित रूप से पालन करना कितना कठिन है—

ब्रह्मनिष्ठो गृहस्थः स्यात् ब्रह्मज्ञानपरायणः।
यद्यत्कर्म प्रकुर्वीत तद्ब्रह्मणि समर्पयेत्॥

(—8 / 23)

एक गृहस्थ को ब्रह्मनिष्ठ होना चाहिए तथा ब्रह्मज्ञान का लाभ ही उसके जीवन का चरम लक्ष्य होना चाहिए। परंतु फिर भी उसे निरंतर अपने सब कर्म करते रहना चाहिए, अपने कर्तव्यों का पालन करते रहना

चाहिए, और अपने समस्त कर्मों के फलों को ईश्वर को अर्पण कर देना चाहिए। कर्म करके कर्मफल की आकांक्षा न करना, किसी मनुष्य की सहायता करके उससे किसी प्रकार की कृतज्ञता की आशा न रखना, कोई सत्कर्म करके भी इस बात की ओर नजर तक न देना कि वह हमें यश और कीर्ति देगा अथवा नहीं, इस संसार में सबसे कठिन बात है। संसार जब प्रशंसा करने लगता है, तब एक निहायत बुजदिल भी बहादुर बन जाता है। समाज के समर्थन तथा प्रशंसा से एक मूर्ख भी वीरोचित कार्य कर सकता है; परंतु अपने आस-पास के लोगों की निंदा-स्तुति की बिलकुल परवाह न करते हुए सर्वदा सत्कार्य में लगे रहना वास्तव में सबसे बड़ा त्याग है।

न मिथ्या भाषणं कुर्यात् न च शाठ्यं समाचरेत्।
देवतातिथिपूजासु गृहस्थो निरतो भवेत्॥

(—8 / 24)

गृहस्थ का प्रधान कर्तव्य जीविकोपार्जन करना है, परंतु उसे ध्यान रखना चाहिए कि वह झूठ बोलकर, दूसरों को धोखा देकर तथा चोरी करके ऐसा न करे, और उसे यह भी याद रखना चाहिए कि उसका जीवन ईश्वरसेवा तथा गरीबों के लिए ही है।

मातरं पितरश्चैव साक्षात् प्रत्यक्षदेवताम्।
मत्वा गृही निषेवेत सदा सर्वप्रयलतः॥

(—8 / 25)

यह समझकर कि माता और पिता ईश्वर के साक्षात् रूप हैं, गृहस्थ को चाहिए कि वह उन्हें सदैव सब प्रकार से प्रसन्न रखे।

तुष्टायां मातरि शिवे तुष्टे पितरि पार्वति।
तव प्रीतिर्भवेद्देवि परब्रह्म प्रसीदति॥

(—8 / 26)

यदि उसके माता-पिता प्रसन्न रहते हैं, तो ईश्वर उसके प्रति प्रसन्न होते हैं।

औद्धत्यं परिहासं च तर्जनं परिभाषणम्।
पित्रोरग्रे न कुर्वीत यदीच्छेदात्मनो हितम्॥
मातरं पितरं वीक्ष्य नत्वोत्तिष्ठेत् ससंभ्रमः।
विनाज्ञया नोपविशेत्संस्थितः पितृशासने॥

(—8 / 30-31)

अपने माता-पिता के सन्मुख औद्धत्य, परिहास, चंचलता अथवा क्रोध प्रकट न करें। वह पुत्र वास्तव में श्रेष्ठ है, जो अपने माता-पिता के प्रति एक भी कटु शब्द नहीं कहता। माता-पिता के दर्शन कर उसे चाहिए कि वह उन्हें आदरपूर्वक प्रणाम करे। उनके आने पर वह खड़ा हो जाए और जब तक वे उससे बैठने को न कहें, तब तक न बैठे।

मातरं पितरं पुत्रं दारानतिथिसोदरान्।
हित्वा गृही न भुञ्जीयात् प्राणैः कण्ठगतैरपि॥

(—8 / 33)

वञ्चयित्वा गुरुन् बन्धून् यो भुङ्क्ते स्वोदरम्भरः।
इहैव लोके गर्ह्योऽसौ परत्र नारकी भवेत्॥

(—8 / 34)

जो गृहस्थ अपने माता, पिता, बच्चों, स्त्री तथा अतिथि को बिना भोजन कराए स्वयं कर लेता है, वह पाप का भागी होता है।

जनन्या वर्धितो देहो जनकेन प्रयोजितः।
स्वजनैः शिक्षितः प्रीत्या सोऽधमस्तान् परित्यजेत्॥
एषामर्थे महेशानि कृत्वा कष्टशतान्यपि।
प्रीणयेत् सततं शक्त्या धर्मो ह्येष सनातनः॥

(—8 / 36-37)

पिता-माता द्वारा ही यह शरीर उत्पन्न हुआ है, अतएव उन्हें प्रसन्न करने के लिए मनुष्य को हजार-हजार कष्ट भी सहने चाहिए।

न भार्यां ताडयेत् क्वापि मातृवत् पालयेत् सदा।
न त्यजेत् घोरकष्टेऽपि यदि साध्वी पतिव्रता॥
स्थितेषु स्वीयदारेषु स्वियमन्यां न संस्पृशेत्
दुष्टेन चेतसा विद्वान् अन्यथा नारकी भवेत्॥
विरले शयने वासं त्यजेत् प्राज्ञः परस्त्रिया।
अयुक्तभाषणश्चैव स्त्रियं शौर्यं न दर्शयेत्॥
धनेन वाससा प्रेम्णा श्रद्धयामृतभाषणैः।
सततं तोषयेत् दारान् नाप्रियं क्वचिदाचरेत्॥

(—8 । 39-42)

× × ×

यस्मिन्नरे महेशानि तुष्टा भार्या पतिव्रता।
सर्वो धर्मः कृतस्तेन भवतीप्रिय एव सः॥

(—8 । 44)

इसी प्रकार मनुष्य का अपनी स्त्री के प्रति भी कर्तव्य है। गृहस्थ को अपनी स्त्री को कभी घुड़कना न चाहिए और उसका मातृवत् पालन करना चाहिए। यदि उसकी स्त्री साध्वी और पतिव्रता है, तो वह कष्ट में भी उसका त्याग न करे। जो मनुष्य अपनी स्त्री के अतिरिक्त किसी दूसरी स्त्री का कलुषित मन से चिंतन करता है, वह घोर नरक में जाता है। ज्ञानी मनुष्य को चाहिए कि वह पर स्त्री के साथ निर्जन में शयन या वास न करे। स्त्रियों के सम्मुख अनुचित वाक्य न कहे, और न मैंने यह किया, वह किया आदि कहकर अपने मुख से अपनी बड़ाई ही करे। अपनी स्त्री को धन, वस्त्र, प्रेम, श्रद्धा एवं अमृततुल्य वाक्य द्वारा प्रसन्न रखे और उसे किसी प्रकार क्षुब्ध न करे। हे पार्वती! जो पुरुष अपनी पतिव्रता स्त्री का

प्रेमभाजन बनने में सफल होता है, उसे समझो कि अपने स्वधर्म के आचरण में सफलता मिल गई। ऐसा व्यक्ति तुम्हारा प्रिय होता है।

चतुर्वर्षावधि सुतान् लालयेत् पालयेत् सदा।
ततः षोडषपर्यन्तं गुणान् विद्याञ्च शिक्षयेत्॥
विशत्यब्दाधिकान् पुत्रान् प्रेरयेत् गृहकर्मसु।
ततस्तांस्तुल्यभावेन मत्वा स्नेहं प्रदर्शयेत्॥
कन्याप्येव पालनीया शिक्षणीयातियत्नतः।
देया वराय विदुषे धनरत्नसमन्विता॥

(—8 / 45–47)

पुत्र–कन्या के प्रति गृहस्थ के निम्नलिखित कर्तव्य हैं—

चार वर्ष की अवस्था तक पुत्रों का खूब लाड़–प्यार करना चाहिए, फिर सोलह वर्ष की अवस्था तक उन्हें नानाविध सद्गुणों और विद्याओं की शिक्षा देनी चाहिए। जब वे बीस वर्ष के हो जाएँ, तो उन्हें किसी गृहकर्म में लगा देना चाहिए। तब पिता को चाहिए कि वह उन्हें अपनी बराबरी का समझकर उनके प्रति स्नेह–प्रदर्शन करे। ठीक इसी तरह कन्याओं का भी लालन–पालन करना चाहिए; उनकी शिक्षा बहुत ध्यानपूर्वक होनी चाहिए, और जब उनका विवाह हो, तो पिता को उन्हें धन–आभूषणादि देने चाहिए।

एवं क्रमेण भ्रातृंश्च स्वसृभ्रातृसुतानपि।
ज्ञातीन् मित्राणि भृत्यांश्च पालयत्तोषयेद् गृही॥
ततः स्वधर्मनिरतानेकग्रामनिवासिनः।
अभ्यागतानुदासीनान् गृहस्थः परिपालयेत्॥
यद्येवं नाचरेद्देवि गृहस्थो विभवे सति।
पशुरेव स विज्ञेयः स पापी लोकगर्हितः॥

(—8 / 48–50)

इसी प्रकार गृहस्थ को अपने भाई-बहन, भतीजे, भानजे तथा अन्य सगे-संबंधी, मित्र एवं नौकरों का भी पालन करना चाहिए और उन्हें संतुष्ट रखना चाहिए। फिर गृहस्थ को यह भी चाहिए कि वह स्वधर्मरत अपने ग्रामवासियों, अभ्यागतों और उदासीनों का पालन करे। हे देवि, धनसंपन्न होते हुए भी जो गृहस्थ अपने कुटुंबियों तथा निर्धनों की सहायता नहीं करता, वह निंदनीय और पापी है, उसे तो पशुतुल्य ही समझना चाहिए।

निद्रालस्यं देहयत्नं केशविन्यासमेव च।
आसक्तिमशने वस्त्रे नातिरिक्तं समाचरेत्॥
युक्ताहारो युक्तनिद्रो मितवाङ् मितमैथुनः।
स्वच्छो नम्रः शुचिर्दक्षो युक्तः स्यात् सर्वकर्मसु॥

(—8 / 51-52)

गृहस्थ को अत्यंत निद्रा, आलस्य, देह की सेवा, केश-विन्यास तथा भोजन-वस्त्र में आसक्ति का त्याग करना चाहिए। उसे आहार, निद्रा, भाषण, मैथुन इत्यादि सब बातें परिमित रूप से करनी चाहिए। उसे अकपट, नम्र, बाह्याभ्यंतरशौच-संपन्न, निरालस्य और उद्योगशील होना चाहिए।

शूरः शत्रौ विनीतः स्यात् बान्धवे गुरुसन्निधौ॥

(—8 / 53)

गृहस्थ को अपने शत्रु के सामने शूर होना चाहिए और गुरु एवं बंधु-जनों के समक्ष नम्र।

शत्रु के सम्मुख शूरता प्रकट करके उसे उस पर शासन करना चाहिए। यह गृहस्थ का आवश्यक कर्तव्य है। गृहस्थ को घर में कोने में बैठकर रोना और 'अहिंसा परमो धर्मः' कहकर खाली गाल न बजाना चाहिए। यदि वह

शत्रु के सम्मुख वीरता नहीं दिखाता है, तो वह अपने कर्तव्य की अवहेलना करता है। किंतु अपने बंधु-बांधव, आत्मीय-स्वजन एवं गुरु के निकट उसे गौ के समान शांत एवं निरीह भाव का अवलंबन करना चाहिए।

जुगुप्सितान् न मन्येत नावमन्येत मानिनः।

(—8 / 53) ।

निंदित असत् व्यक्ति को वह सम्मान न दे और सम्माननीय व्यक्ति का आदर करे।

असत् व्यक्ति के प्रति सम्मान प्रदर्शित करना गृहस्थ का कर्तव्य नहीं है, क्योंकि ऐसा करने से वह असद् विषय को आश्रय देता है। और यदि सम्मान-योग्य व्यक्ति को वह सम्मान नहीं देता है, तो भी बड़ा अन्याय करता है।

सोहार्दं व्यहारारांश्च प्रवृत्तिं प्रकृतिं नृणाम्।
सहवासेन तर्केश्च विदित्वा विश्वसेत्ततः॥

(—8 / 54)

एक साथ रहकर, विशेष निरीक्षण के द्वारा वह पहले मनुष्य का स्नेह, व्यवहार, प्रवृत्ति और प्रकृति जान ले, फिर उस पर विश्वास करे।

ऐरे-गैरे जिस किसी भी व्यक्ति के साथ वह मित्रता न कर बैठे। जिसके साथ उसे मित्रता करने की इच्छा हो, उसके कार्यकलाप तथा अन्य लोगों के साथ उसके व्यवहार की वह पहले भली-भाँति जाँच कर ले और फिर मित्रता करे।

स्वीयं यशः पौरुषं च गुप्तये कथितं च यत्।
कृतं यदुपकाराय धर्मज्ञो न प्रकाशयेत्॥

(—8 / 56)

धर्मज्ञ गृहस्थ व्यक्ति को चाहिए कि वह अपना यश, पौरुष, दूसरों

की हुई गुप्त बात तथा दूसरों के प्रति उसने जो कुछ उपकार किया है, सबका वर्णन सर्वसाधारण के सम्मुख न करे।

उसे अपने वैभव अथवा अभाव आदि की भी बात नहीं करनी चाहिए। उसे अपने धन पर गर्व करना उचित नहीं। ऐसे विषय वह गुप्त ही रखे। यही उसका धर्म है। यह केवल सांसारिक अभिज्ञता नहीं है; यदि कोई मनुष्य ऐसा नहीं करता, तो वह दुर्नीतपरायण कहा जा सकता है।

गृहस्थ सारे समाज की नींव-सदृश है; वही मुख्य धन उपार्जन हरनेवाला होता है। निर्धन, दुर्बल, स्त्री-बच्चे आदि जो सब कार्य करने योग्य नहीं हैं, वे गृहस्थ के ऊपर ही निर्भर रहते हैं। अतएव गृहस्थ को कुछ कर्तव्य करने पड़ते हैं। और ये कर्तव्य ऐसे होने चाहिए कि उनका साधन करते-करते वह अपने हृदय में शक्ति का विकास अनुभव करे और ऐसा न सोचे कि वह अपने आदर्शानुसार कार्य नहीं कर रहा है। इसी कारण—

जुगुप्सितप्रवृत्तौ च निश्चतेऽपि पराजये।
गुरुणा लघुना चापि यशस्वी न विवादयेत्॥

(—8 / 57)

यदि उसने कोई अन्याय अथवा निंदित कार्य कर डाला है, तो उसे दूसरों के सम्मुख प्रकट नहीं करना चाहिए। इसी प्रकार यदि वह ऐसी किसी बात में लगा है, जिसमें वह अपनी सफलता निश्चित मानता है, तो उसे उसकी भी चर्चा नहीं करनी चाहिए। इस प्रकार आत्मदोष प्रकट करने से कोई लाभ तो होता नहीं, बल्कि उलटा इसके द्वारा मनुष्य हतोत्साहित हो जाता है, और इस प्रकार उसके कर्तव्य-कर्मों में बाधा पड़ती है। उसने जो अन्याय कर्म किया है, उसका फल तो उसे भोगना ही पड़ेगा। किंतु उसे फिर ऐसी चेष्टा करनी चाहिए, जिससे वह सत्कर्म कर सके। संसार सर्वदा शक्तिमान तथा दृढ़चित्त व्यक्ति के प्रति ही सहानुभूति प्रकट करता है।

विद्याधनयशोधर्मान् यतमान उपार्जयेत्।
व्यसनं चासतां संगं मिथ्याद्रोहं परित्यजेत्॥

(—8/58)

उसे चाहिए कि वह यत्नपूर्वक विद्या, धन, यश और धर्म का उपार्जन करे तथा व्यसन (द्यूत-क्रीड़ा आदि), कुसंग, मिथ्याभाषण एवं परद्रोह का परित्याग करे।

उसे सबसे पहले ज्ञानलाभ के लिए चेष्टा करनी चाहिए। फिर उसे धनोपार्जन के लिए भी यत्न करना चाहिए। यही उसका कर्तव्य है, और यदि वह अपने इस कर्तव्य को नहीं करता, तो उसकी गणना मनुष्यों में नहीं। जो गृहस्थ धनोपार्जन की चेष्टा नहीं करता, वह दुर्नीतिपरायण एवं निकम्मा है। यदि वह आलस्य भाव से जीवनयापन करता है और उसी में संतुष्ट रहता है, तो वह असत्-प्रकृतिवाला है; क्योंकि उसके ऊपर अनेकों व्यक्ति निर्भर रहते हैं। यदि वह यथेष्ट धन उपार्जन करता है, तो उससे सैकड़ों का पालन-पोषण होता है।

यदि तुम्हारे इस शहर में सैकड़ों लोगों ने धनी बनने की चेष्टा न की होती, तो यह सभ्यता, ये अनाथाश्रम और ये हवेलियाँ कहाँ से आतीं? ऐसी दशा में धनोपार्जन करना कोई अन्याय नहीं है, क्योंकि यह धन वितरण के लिए ही होता है। गृहस्थ ही समाज-जीवन का केंद्र है। उसके लिए धन कमाना तथा उसका सत्कर्मों में व्यय करना ही उपासना है। जिस प्रकार एक संन्यासी को अपनी कुटी में बैठकर की हुई उपासना उसके मुक्तिलाभ में सहायक होती है, उसी प्रकार एक गृहस्थ की भी सदुपाय तथा सदुद्देश्य से धनी होने की चेष्टा उसके मुक्तिलाभ में सहायक होती है; क्योंकि इन दोनों में ही हम, ईश्वर तथा जो कुछ ईश्वर का है, उस सबके प्रति भक्ति से उत्पन्न हुए आत्म-समर्पण एवं आत्मत्याग का ही प्रकाश पाते हैं; भेद है केवल प्रकाश के रूप भर में।

बहुधा देखा जाता है कि लोग ऐसे कार्यों में प्रवृत्त हो जाते हैं, जो उनकी शक्ति के बाहर होते हैं। इसका फल यही होता है कि उन्हें फिर अपनी उद्‌देश्य-सिद्धि के लिए दूसरों को धोखा देना पड़ता है। फिर—

अवस्थानुगताश्चेष्टाः समयानुगताः क्रियाः।
तस्मादवस्थां समयं वीक्ष्य कर्म समाचरेत्॥

(—8/59)

प्रयत्न अवस्था पर और क्रिया समय पर अवलंबित रहती है। अतएव अवस्था और समय के अनुसार ही कार्य करना चाहिए।

सभी बातों में इस 'समय' की ओर विशेष दृष्टि रखनी चाहिए। एक समय जिसमें असफलता हुई है, संभव है उसी में दूसरे समय पूरी सफलता प्राप्त हो जाए।

सत्यं मृदु प्रियं धीरो वाक्यं हितकरं वदेत्।
आत्मोत्कर्षं तथा निन्दां परेषां परिवर्जयेत्॥

(—8/62)

धीर गृहस्थ को सत्य, मृदु, प्रिय तथा हितकर वचन बोलने चाहिए। वह अपने उत्कर्ष की चर्चा न करे और दूसरों की निंदा करना छोड़ दे।

जलाशयाश्च वृक्षाश्च विश्रामगृहध्वनि।
सेतुः प्रतिष्ठितो येन तेन लोकत्रयं जितम्॥

(—8/63)

जो व्यक्ति सब लोगों की सुविधा के लिए जलाशय खुदवाता है, वृक्ष लगाता है, धर्मशालाएँ तथा सेतु निर्माण कराता है, वह तीनों लोगों को जीत लेता है।

बड़े-बड़े योगियों को जो पद प्राप्त होता है, इन सब कर्मों को करनेवाला भी उसी की ओर अग्रसर होता रहता है।

ऊपर कहे हुए वाक्यों द्वारा यह स्पष्ट है कि कर्मयोग संबंधी इन नीति-वाक्यों को कार्य-रूप में परिणत करना ही गृहस्थ का मुख्य कर्तव्य है। सर्वदा क्रियाशील रहना कर्मयोग का एक अंग है—यही गृहस्थ का कर्तव्य है।

उक्त तंत्र-ग्रंथ में एक और श्लोक इस प्रकार है—

न बिभेति रणाद् यो वै संग्रामेऽप्यपराङ्मुखः।
धर्मयुद्धे मृतो वापि तेन लोकत्रयं जितम्॥

(—8/67)

जो मनुष्य युद्ध में नहीं डरता, पीठ नहीं दिखाता और जो धर्मयुद्ध में मृत्यु को प्राप्त होता है, वह तीनों लोकों को जीत लेता है।

यदि स्वदेश अथवा स्वधर्म के लिए युद्ध करते-करते मनुष्य की मृत्यु हो जाए, तो योगीजन जिस पद को ध्यान द्वारा पाते हैं, वही पद उस मनुष्य को भी मिलता है। इससे यह स्पष्ट है कि जो एक मनुष्य का कर्तव्य है, वह दूसरे मनुष्य का कर्तव्य नहीं भी हो सकता; परंतु साथ ही, शास्त्र किसी के भी कर्तव्य को हीन अथवा उन्नत नहीं कहते। विभिन्न देश, काल तथा पात्र के अनुसार कर्तव्य भी विभिन्न होते हैं; और हम जिस अवस्था में रहें; उसी के उपयोगी कर्तव्य हमें करने चाहिए।

इन सबसे हमें एक भाव यह मिलता है कि दुर्बलता मात्र ही सर्वथा घृण्य और परित्याज्य है। हमारे दर्शन, धर्म अथवा कर्म के भीतर—हमारी समस्त शास्त्रीय शिक्षाओं के भीतर—यही एक मुख्य भाव है, जो मुझे पसंद आता है। यदि तुम वेदों को पढ़ो, तो देखोगे कि उसमें 'नाभयेत्' 'अभी:' अर्थात् किसी से भी डरना नहीं चाहिए—यह बात बार-बार कथित हुई है। भय दुर्बलता का चिह्न है, और यह दुर्बलता ही मनुष्य को ईश्वर-प्राप्ति के मार्ग से हटाकर उसे नाना प्रकार के पापकर्मों की ओर खींच लेती है। इसलिए संसार के उपहास अथवा व्यंग्य की ओर तनिक भी ध्यान न देकर मनुष्य को निर्भय होकर अपना कर्तव्य करते रहना चाहिए।

यदि कोई मनुष्य संसार से विरक्त होकर ईश्वरोपासना में लग जाए, तो उसे यह नहीं समझना चाहिए कि जो लोग संसार में रहकर संसार के हित के लिए कार्य करते हैं, वे ईश्वर की उपासना नहीं करते, और न अपने स्त्री-बच्चों के लिए संसार में रहनेवाले गृहस्थों को ही यह सोचना चाहिए कि जिन लोगों ने संसार का त्याग कर दिया है, वे आलसी और घृणित जीव हैं। अपने-अपने स्थान में सभी बड़े हैं।

इस संबंध में मुझे एक कहानी का स्मरण आता है। एक राजा था। उसके राज्य में जब कभी कोई संन्यासी आते, तो उनसे वह सदैव एक प्रश्न पूछा करता था—"संसार का त्याग कर जो संन्यास ग्रहण करता है, वह श्रेष्ठ है या संसार में रहकर जो गृहस्थ के समस्त कर्तव्यों को करता जाता है, वह श्रेष्ठ है ?" अनेक विद्वान् लोगों ने उसके इस प्रश्न का उत्तर देने का प्रयत्न किया। कुछ लोगों ने कहा कि संन्यासी श्रेष्ठ है। यह सुनकर राजा ने इसे सिद्ध करने को कहा। जब वे सिद्ध न कर सके तो उन्हें विवाह करके गृहस्थ हो जाने की आज्ञा दी। कुछ और लोग आए और उन्होंने कहा, "स्वधर्मपरायण गृहस्थ ही श्रेष्ठ है।" राजा ने उनसे भी उनकी बात के लिए प्रमाण माँगा। पर जब वे प्रमाण न दे सके, तो राजा ने उन्हें भी गृहस्थ हो जाने की आशा दी।

अंत में एक तरुण संन्यासी आए। राजा ने उनसे भी उसी प्रकार प्रश्न किया। संन्यासी ने कहा, "हे राजन्! अपने-अपने स्थान में दोनों ही श्रेष्ठ हैं, कोई भी कम नहीं है।" राजा ने उसका प्रमाण माँगा। संन्यासी ने उत्तर दिया, "हाँ, मैं इसे सिद्ध कर दूँगा, परंतु तुम्हें मेरे साथ आना होगा और कुछ दिन मेरे ही समान जीवन व्यतीत करना होगा। तभी मैं तुम्हें अपनी बात का प्रमाण दे सकूँगा।" राजा ने संन्यासी की बात स्वीकार कर ली और उनके पीछे-पीछे हो लिया। वह उन संन्यासी के साथ अपने राज्य की सीमा को पार कर अनेक देशों में से होता हुआ एक बड़े राज्य में आ पहुँचा। उस राज्य की राजधानी में एक बड़ा

उत्सव मनाया जा रहा था। राजा और संन्यासी ने संगीत और नगाड़ों के शब्द सुने तथा डौंडी पीटनेवालों की आवाज भी। लोग सड़कों पर सुसज्जित होकर कतारों में खड़े थे। उसी समय कोई एक विशेष घोषणा की जा रही थी। उपर्युक्त राजा तथा संन्यासी भी यह सब देखने के लिए वहाँ खड़े हो गए। घोषणा करनेवाले ने चिल्लाकर कहा, ''इस देश की राजकुमारी का स्वयंवर होनेवाला है।''

राजकुमारियों का अपने लिए इस प्रकार पति चुनना भारतवर्ष में एक पुराना रिवाज था। अपने भावी पति के संबंध में प्रत्येक राजकुमारी के अलग-अलग विचार होते थे। कोई अत्यंत रूपवान् पति चाहती थी, कोई अत्यंत विद्वान्, कोई अत्यंत धनवान, आदि-आदि। अड़ोस-पड़ोस के राज्यों के राजकुमार सुंदर-से-सुंदर ढंग से अपने को सजाकर राजकुमारी के सम्मुख उपस्थित होते थे। कभी-कभी उन राजकुमारों के भी भाट होते थे, जो उनके गुणों का गान करते तथा यह दरशाते थे कि उन्हीं का वरण किया जाए। राजकुमारी को एक सजे हुए सिंहासन पर बिठाकर आलीशान ढंग से सभा के चारों ओर ले जाया जाता था। वह उन सब के सामने जाती तथा उनका गुणगान सुनती। यदि उसे कोई राजकुमार नापसंद होता, तो वह अपने वाहकों से कहती, ''आगे बढ़ो'', और उसके पश्चात् उस नापसंद राजकुमार का कोई खयाल तक न किया जाता था। यदि राजकुमारी किसी राजकुमार से प्रसन्न हो जाती, तो वह उसके गले में वरमाला डाल देती और वह राजकुमार उसका पति हो जाता था।

जिस देश में यह राजा और संन्यासी आए हुए थे, उस देश में इसी प्रकार का एक स्वयंवर हो रहा था। यह राजकुमारी संसार में अद्वितीय सुंदरी थी और उसका भावी पति ही उसके पिता के बाद उसके राज्य का उत्तराधिकारी होनेवाला था। इस राजकुमारी का विचार एक अत्यंत सुंदर पुरुष से विवाह करने का था, परंतु उसे योग्य व्यक्ति मिलता ही न था। कई बार उसके लिए स्वयंवर रचे गए, पर राजकुमारी को अपने मन का

पति न मिला। इस बार का स्वयंवर बड़ा सुंदर था; अन्य सभी अवसरों की अपेक्षा इस बार अधिक लोग आए थे।

राजकुमारी रत्नजटित सिंहासन पर बैठकर आई और उसके वाहक उसे एक राजकुमार के सामने से दूसरे के सामने ले गए। परंतु उसने किसी की ओर देखा तक नहीं। सभी लोग निराश हो गए और सोचने लगे कि क्या अन्य अवसरों की भाँति इस बार का स्वयंवर भी असफल ही रहेगा। इतने ही में वहाँ एक दूसरा तरुण संन्यासी आ पहुँचा। वह इतना सुंदर था कि मानो सूर्यदेव ही आकाश छोड़कर स्वयं पृथ्वी पर उतर आए हों। वह आकर सभा के एक ओर खड़ा हो गया और जो कुछ हो रहा था, उसे देखने लगा। राजकुमारी का सिंहासन उसके समीप आया और ज्यों ही उसने उस सुंदर संन्यासी को देखा, त्योंही वह रुक गई और उसके गले में वरमाला डाल दी। तरुण संन्यासी ने एकदम माला को रोक लिया और यह कहते हुए, "छिह, छिह, यह क्या है?" उसे फेंक दिया। उसने कहा, "मैं संन्यासी हूँ? मुझे विवाह से क्या प्रयोजन?" उस देश के राजा ने सोचा कि शायद निर्धन होने के कारण यह राजकुमारी से विवाह करने का साहस नहीं कर पा रहा है। अतएव उसने उससे कहा, "देखो, मेरी कन्या के साथ तुम्हें मेरा आधा राज्य अभी मिल जाएगा, और संपूर्ण राज्य मेरी मृत्यु के बाद!" और यह कहकर उसने संन्यासी के गले में फिर माला डाल दी। उस युवा संन्यासी ने माला फिर निकालकर फेंक दी और कहा, "छिह, यह सब क्या झंझट है, मुझे विवाह से क्या मतलब?" और यह कहकर वह तुरंत सभा छोड़कर चला गया।

इधर राजकुमारी इस युवा पर इतनी मोहित हो गई कि उसने कह दिया, "मैं इसी मनुष्य से विवाह करूँगी, नहीं तो प्राण त्याग दूँगी।" और राजकुमारी संन्यासी के पीछे-पीछे उसे लौटा लाने के लिए चल पड़ी। इसी अवसर पर अपने पहले संन्यासी ने, जो राजा को यहाँ लाए थे, राजा से कहा, "राजन् चलिए, इन दोनों के पीछे-पीछे हम लोग भी चलें।

निदान, वे उनके पीछे-पीछे काफी फासला रखते हुए चलने लगे। वह युवा संन्यासी, जिसने राजकुमारी से विवाह करने से इनकार कर दिया था, कई मील निकल गया और अंत में एक जंगल में घुस गया। उसके पीछे राजकुमारी थी, और उन दोनों के पीछे ये दोनों।

तरुण संन्यासी उस वन से भलीभाँति परिचित था तथा वहाँ के सारे जटिल रास्तों का उसे ज्ञान था। वह एकदम एक रास्ते में घुस गया और अदृश्य हो गया। राजकुमारी उसे फिर देख न सकी। उसे काफी देर ढूँढ़ने के बाद अंत में वह एक वृक्ष के नीचे बैठ गई और रोने लगी, क्योंकि उसे बाहर निकलने का मार्ग नहीं मालूम था। इतने में यह राजा और संन्यासी उसके पास आए और उससे कहा, ''बेटी, रोओ मत, हम तुम्हें इस जंगल के बाहर निकाल ले चलेंगे, परंतु अभी बहुत अँधेरा हो गया है, जिससे रास्ता ढूँढ़ना सहज नहीं। यहीं एक बड़ा पेड़ है, आओ, इसी के नीचे हम सब विश्राम करें और सबेरा होते ही हम तुम्हें मार्ग बता देंगे।''

अब उस पेड़ की एक डाली पर एक छोटी नर चिड़िया, उसकी स्त्री तथा उसके तीन बच्चे रहते थे। उस नर चिड़िया ने पेड़ के नीचे इन तीन लोगों को देखा और अपनी स्त्री से कहा, ''देखो, हमारे यहाँ ये लोग अतिथि हैं, जाड़े का मौसम है, हम लोग क्या करें? हमारे पास आग तो है नहीं।'' यह कहकर वह उड़ गया और एक जलती हुई लकड़ी का टुकड़ा अपनी चोंच में दबा लाया और उसे अतिथियों के सामने गिरा दिया। उन्होंने उसमें लकड़ी लगा-लगाकर खूब आग तैयार कर ली; परंतु नर चिड़िया को फिर भी संतोष न हुआ। उसने अपनी स्त्री से फिर कहा, ''बताओ, अब हमें क्या करना चाहिए? ये लोग भूखे हैं, और इन्हें खिलाने के लिए हमारे पास कुछ भी नहीं है। हम लोग गृहस्थ हैं और हमारा धर्म है कि जो कोई हमारे घर पर आए, उसे हम भोजन कराएँ। जो कुछ मेरी शक्ति में है, मुझे अवश्य करना चाहिए; मैं उन्हें अपना यह शरीर ही दे दूँगा।'' ऐसा कहकर वह आग में कूद पड़ा और भुन गया। अतिथियों

ने उसे आग में गिरते देखा, उसे बचाने का यत्न भी किया, परंतु बचा न सके। उस नर चिड़िया की स्त्री ने अपने पति का सुकृत देखा और अपने मन में कहा, 'ये तो तीन लोग हैं, इनके भोजन के लिए केवल एक ही चिड़िया पर्याप्त नहीं। पत्नी के रूप में मेरा यह कर्तव्य है कि अपने पति के परिश्रम को मैं व्यर्थ न जाने दूँ। ये मेरा भी शरीर ले लें।' और ऐसा कहकर वह भी आग में गिर गई और भुन गई।

इसके बाद जब उन तीन छोटे बच्चों ने देखा कि उन अतिथियों के लिए इतना तो पर्याप्त न होगा, तो उन्होंने आपस में कहा, "हमारे माता-पिता से जो कुछ बन पड़ा उन्होंने किया, परंतु फिर भी उतना पूरा न पड़ेगा। अब हमारा धर्म है कि हम उनके कार्य को पूरा करें, हमें अपने शरीर भी दे देने चाहिए।" और यह कहकर वे सब भी आग में कूद पड़े।

यह सब देखकर ये तीनों लोग बहुत चकित हुए। इन चिड़ियों को वे खा ही कैसे सकते थे! रात को वे बिना भोजन किए ही रहे। प्रातःकाल राजा तथा संन्यासी ने राजकुमारी को जंगल का मार्ग दिखला दिया और वह अपने पिता के घर वापस चली गई।

तब संन्यासी ने राजा से कहा, "देखो राजन्! तुम्हें अब ज्ञात हो गया है कि अपने-अपने स्थान में सब बड़े हैं। यदि तुम संसार में रहना चाहते हो, तो इन चिड़ियों के समान रहो, दूसरों के लिए अपना जीवन दे देने को सदैव तत्पर रहो। और यदि तुम संसार छोड़ना चाहते हो, तो उस युवा संन्यासी के समान होओ, जिसके लिए वह परम सुंदरी स्त्री और एक राज्य भी तृणवत् था। यदि गृहस्थ होना चाहते हो तो दूसरों के हित के लिए अपना जीवन अर्पित कर देने के लिए तैयार रहो। और यदि तुम्हें संन्यास-जीवन की इच्छा है तो सौंदर्य, धन तथा अधिकार की ओर आँख तक न उठाओ। अपने-अपने स्थान में सब श्रेष्ठ है, परंतु एक का कर्तव्य दूसरे का कर्तव्य नहीं हो सकता।"

❑

कर्मरहस्य

दूसरों की शारीरिक आवश्यकताओं की पूर्ति करके उनकी सहायता करना महान् कर्म अवश्य है, परंतु अभाव की मात्रा जितनी अधिक रहती है तथा सहायता या उपकार जितनी अधिक दूर तक अपना असर कर सकता है, उसी मात्रा में वह उपकार भी उच्चतर होता है। यदि एक मनुष्य के अभाव एक घंटे के लिए हटाए जा सकें, तो यह उसकी सहायता आवश्यक है और यदि एक साल के लिए हटाए जा सकें, तो यह उससे भी अधिक सहायता है; पर यदि उसके अभाव सदा के लिए दूर कर दिए जाएँ, तो सचमुच वह उसके लिए सबसे अधिक सहायता होगी। केवल आध्यात्मिक ज्ञान ही ऐसा है, जो हमारे दु:खों को सदा के लिए नष्ट कर सकता है; अन्य किसी प्रकार के ज्ञान से तो हमारी आवश्यकताओं की पूर्ति केवल अल्प समय के लिए ही होती है। केवल आत्मविषयक ज्ञान द्वारा ही हमारी अभाव-वृत्ति तक का सदा के लिए अंत हो सकता है। अतएव किसी मनुष्य की आध्यात्मिक सहायता करना ही उसकी सबसे बड़ी सहायता करना है। जो मनुष्य को पारमार्थिक ज्ञान दे सकता है, वही मानवसमाज का सबसे बड़ा हितैषी है। हम देखते भी हैं कि जिन व्यक्तियों ने मनुष्य की आध्यात्मिक सहायता की है, वे ही वास्तव में महान् शक्तिशाली थे। कारण यह है कि आध्यात्मिकता ही हमारे जीवन के समस्त कृत्यों का सच्चा आधार है। आध्यात्मिक शक्तिशाली पुरुष चाहे तो किसी भी विषय

में क्षमता-संपन्न हो सकता है। और जब तक मनुष्य में आध्यात्मिक बल नहीं आता, तब तक उसकी भौतिक आवश्यकताएँ भी तो भलीभाँति तृप्त नहीं हो सकतीं।

आध्यात्मिक सहायता से नीचे है—बौद्धिक विकास में सहायता करना, पर साथ ही यह ज्ञान-दान भोजन तथा वस्त्र के दान से कहीं श्रेष्ठ है, इतना ही नहीं, वरन् प्राणदान से भी उच्च है, क्योंकि ज्ञान ही मनुष्य का प्रकृत जीवन है। अज्ञान ही मृत्यु है, और ज्ञान जीवन। यदि जीवन अंधकारमय है और अज्ञान तथा क्लेश में बीतता है, तो वास्तव में ऐसे जीवन का मूल्य कुछ भी नहीं है। ज्ञान-दान से नीचे है शारीरिक सहायता का दान। अतएव हमारे सम्मुख जब दूसरों की सहायता का प्रश्न उपस्थित हो तो हमें इस भूल धारणा से सदा बचे रहने का प्रयत्न करना चाहिए कि शारीरिक सहायता ही एकमात्र सहायता है। वास्तव में शारीरिक सहायता तो सब सहायताओं में केवल अंतिम ही नहीं, वरन् निम्नतम श्रेणी की भी है, क्योंकि इसके द्वारा चिरतृप्ति नहीं हो सकती। भूखे रहने से जो कष्ट होता है, उसका परिहार भोजन कर लेने से ही हो जाता है, परंतु वह भूख पुनः लौट आती है। हमारे क्लेशों का अंत तो केवल तभी हो सकता है, जब हम तृप्त होकर सब प्रकार के अभावों से परे हो जाएँ। तब सुधा हमें पीड़ित नहीं कर सकती और न कोई क्लेश अथवा दुःख ही हमें विचलित कर सकता है। अतएव, जो सहायता हमें आध्यात्मिक बल देती है, वह सर्वश्रेष्ठ है; उससे नीचे है बौद्धिक अथवा मानसिक सहायता, और सबसे नीचे है शारीरिक सहायता का स्थान।

मात्र शारीरिक सहायता द्वारा ही संसार के दुःखों से छुटकारा नहीं पाया जा सकता। जब तक मनुष्य का स्वभाव ही परिवर्तित नहीं हो जाता, तब तक ये शारीरिक आवश्यकताएँ सदा बनी ही रहेंगी और फलस्वरूप क्लेशों का सदैव अनुभव भी होता रहेगा। कितनी भी शारीरिक सहायता उनका पूर्ण उपचार नहीं कर सकती। इस दुःख-समस्या की केवल एक

ही मीमांसा है और वह है—समस्त मानवजाति को पवित्र कर देना। अपने चारों ओर हम जो दुःख-क्लेश देखते हैं, उन सबका केवल एक ही मूल कारण है—अज्ञान। मनुष्य को ज्ञानालोक दो, उसे आध्यात्मिक-बल संपन्न करो। यदि हम यह करने में समर्थ हों, यदि सभी मनुष्य पवित्र, आध्यात्मिक-बल संपन्न और सुशिक्षित हो जाएँ, केवल तभी संसार में से दुःख का अंत हो सकेगा, अन्यथा नहीं। देश के प्रत्येक घर को हम सदावर्त में भले ही परिणत कर दें, देश को अस्पतालों से भले ही भर दें, परंतु जब तक मनुष्य का चरित्र परिवर्तित नहीं होता, तब तक दुःख-क्लेश बना ही रहेगा। भगवद्गीता में हमें इस बात का बारंबार उपदेश मिलता है कि हमें निरंतर कर्म करते रहना चाहिए। कर्म स्वभावतः ही सत्-असत् से मिश्रित होता है। हम ऐसा कोई भी कर्म नहीं कर सकते, जिससे कहीं कुछ भला न हो; और ऐसा भी कोई कर्म नहीं है, जिससे कहीं-न-कहीं कुछ हानि न हो। प्रत्येक कर्म अनिवार्य रूप से गुण-दोष से मिश्रित रहता है। परंतु फिर भी शास्त्र हमें सतत कर्म करते रहने का ही आदेश देते हैं। सत् और असत् दोनों का अपना अलग-अलग फल होगा। सत् कर्मों का फल सत् होगा और असत् कर्मों का फल असत्। परंतु सत् और असत् दोनों ही आत्मा के लिए बंधनस्वरूप हैं। इस संबंध में गीता का कथन है कि यदि हम अपने कर्मों में आसक्त न हों तो हमारी आत्मा पर किसी प्रकार का बंधन नहीं पड़ सकता।

अब हम देखेंगे कि कर्मों में अनासक्ति का तात्पर्य क्या है। गीता का मूल सूत्र यह है कि निरंतर कर्म करते रहो, परंतु उसमें आसक्त मत होओ। जिस ओर मन का विशेष झुकाव होता है, स्थूल रूप से उसे ही संस्कार कह सकते हैं। यदि मन को एक तालाब मान लिया जाए, तो उसमें उठनेवाली प्रत्येक लहर जब शांत हो जाती है तो वास्तव में वह बिलकुल नष्ट नहीं हो जाती, वरन् चित्त में एक प्रकार का चिह्न छोड़ जाती है तथा ऐसी संभावना का निर्माण कर जाती है, जिससे वह लहर

दुबारा फिर से उठ सके। इस चिह्न तथा इस लहर के फिर से उठने की संभावना को मिलाकर हम संस्कार कह सकते हैं। हमारा प्रत्येक कार्य, हमारा प्रत्येक अंग-संचालन, हमारा प्रत्येक विचार हमारे चित्त पर इसी प्रकार का एक संस्कार छोड़ जाता है; और यद्यपि ये संस्कार ऊपरी दृष्टि से स्पष्ट न हों, तथापि वे अज्ञात रूप से अंदर-ही-अंदर कार्य करने में विशेष प्रबल होते हैं। हम प्रति मुहूर्त जो कुछ हैं, वह इन संस्कारों के समुदाय द्वारा ही नियमित होता है। मैं इस मुहूर्त जो कुछ हूँ, वह मेरे अतीत जीवन के समस्त संस्कारों का प्रभाव है। इसे ही प्रकृत दृष्टि से 'चरित्र' कहते हैं और प्रत्येक मनुष्य का चरित्र इन संस्कारों की समष्टि द्वारा ही नियमित होता है। यदि शुभ संस्कारों का प्राबल्य रहे, तो मनुष्य का चरित्र अच्छा होता है और यदि अशुभ संस्कारों का, तो बुरा।

यदि एक मनुष्य निरंतर बुरे शब्द सुनता रहे, बुरे विचार सोचता रहे, बुरे कर्म करता रहे, तो उसका मन भी बुरे संस्कारों से पूर्ण हो जाएगा और बिना उसके जाने ही वे संस्कार उसके समस्त विचारों तथा कार्यों पर अपना प्रभाव डाल देंगे। असल में ये बुरे संस्कार निरंतर अपना कार्य करते रहते हैं। अतएव बुरे संस्कार-संपन्न होने के कारण उस व्यक्ति के कार्य भी बुरे होंगे, वह एक बुरा आदमी बन जाएगा, इसके सिवाय अन्यथा होना असंभव है। ये बुरे संस्कार उसमें दुष्कर्म करने की प्रबल प्रवृत्ति उत्पन्न कर देंगे; वह तो इन संस्कारों के हाथ एक यंत्र सा होकर रह जाएगा, वे उसे बलपूर्वक दुष्कर्म करने के लिए बाध्य करेंगे। इसी प्रकार यदि एक मनुष्य अच्छे विचार रखे और सत्कार्य करे, तो उसके इन संस्कारों का प्रभाव भी अच्छा ही होगा तथा उसकी इच्छा न होते हुए भी वे उसे सत्कार्य करने के लिए प्रवृत्त करेंगे। जब मनुष्य इतने सत्कार्य एवं सच्चिंतन कर चुकता है कि उसकी इच्छा न होते हुए भी उसमें सत्कार्य करने की एक अनिवार्य प्रवृत्ति उत्पन्न हो जाती है, तब फिर यदि वह दुष्कर्म करना भी चाहे तो इन सब संस्कारों की समष्टि स्वरूप उसका मन

उसे ऐसा करने से फौरन रोक देगा, इतना ही नहीं, वरन् उसके ये संस्कार उसे उस मार्ग पर से हटा देंगे। तब वह अपने संस्कारों के हाथ एक कठपुतली जैसा हो जाएगा। जब ऐसी स्थिति हो जाती है, तभी उस मनुष्य का 'चरित्र गठित' कहलाता है।

जिस प्रकार कछुआ अपने सब अंगों को खपड़े के अंदर समेट लेता है और तब उसे चाहे हम मार ही क्यों न डालें, उसके टुकड़े-टुकड़े ही क्यों न कर डालें, पर वह बाहर नहीं निकलता, इसी प्रकार जिस मनुष्य ने अपने मन एवं इंद्रियों को वश में कर लिया है, उसका चरित्र भी सदैव स्थिर रहता है। वह अपनी आभ्यंतरिक शक्तियों को वश में रखता है और उसकी इच्छा के विरुद्ध संसार की कोई भी वस्तु उसके मन पर कार्य नहीं कर सकती। मन के ऊपर इस प्रकार सद्विचारों एवं सुसंस्कारों का निरंतर प्रभाव पड़ते रहने से सत्कार्य करने की प्रवृत्ति प्रबल हो जाती है और इसके फलस्वरूप हम इंद्रियों (कर्मेंद्रिय तथा ज्ञानेंद्रिय दोनों) को वश में करने में समर्थ होते हैं। तभी हमारा चरित्र प्रतिष्ठित होता है, तभी हम सत्यलाभ कर सकते हैं। ऐसा ही मनुष्य सदैव निरापद रहता है, इससे किसी भी प्रकार की बुराई नहीं हो सकती। वह फिर कहीं भी रहे, उसके लिए कोई धोखा नहीं है। इन शुभ संस्कारों से संपन्न होने की अपेक्षा एक और भी अधिक उच्चतर अवस्था है और वह है—मुक्तिलाभ की इच्छा। तुम्हें यह स्मरण रखना चाहिए कि सभी योगों का ध्येय आत्मा की मुक्ति है और प्रत्येक योग समान रूप से उसी ध्येय की ओर ले जाता है। भगवान् बुद्ध ने ध्यान से तथा ईसा मसीह ने प्रार्थना द्वारा जिस अवस्था की प्राप्ति की थी, मनुष्य केवल कर्म द्वारा भी उस अवस्था को प्राप्त कर सकता है। बुद्ध ज्ञानी थे और ईसा मसीह भक्त; पर वे दोनों एक ही ध्येय को पहुँचे थे।

मुक्ति का अर्थ है संपूर्ण स्वाधीनता, शुभ और अशुभ दोनों प्रकार के बंधनों से छुटकारा पा जाना। इसे समझना जरा कठिन है। लोहे की

जंजीर भी एक जंजीर है और सोने की जंजीर भी एक जंजीर है। यदि हमारी उँगली में एक काँटा चुभ जाए तो उसे निकालने के लिए हम एक दूसरा काँटा काम में लाते हैं, परंतु जब वह निकल जाता है तो हम दोनों को ही फेंक देते हैं। हमें फिर दूसरे काँटे को रखने की कोई आवश्यकता नहीं रह जाती, क्योंकि दोनों आखिर काँटे ही तो हैं। इसी प्रकार कुसंस्कारों का नाश शुभ संस्कारों द्वारा करना चाहिए और मन के खराब विचारों को अच्छे विचारों द्वारा दूर करते रहना चाहिए, जब तक कि समस्त कुविचार लगभग नष्ट न हो जाएँ अथवा पराजित न हो जाएँ या वशीभूत होकर मन में कहीं एक कोने में न पड़े रह जाएँ। परंतु उसके उपरांत शुभ संस्कारों पर भी विजय प्राप्त करना आवश्यक है। तभी जो आसक्त था, वह अनासक्त हो जाता है। कर्म करो, अवश्य करो, पर उस कर्म अथवा विचार को अपने मन के ऊपर कोई गहरा प्रभाव न डालने दो। लहरें आएँ और जाएँ, मांसपेशियों और मस्तिष्क से बड़े-बड़े कार्य होते रहें, पर देखना, वे आत्मा पर किसी प्रकार का गहरा प्रभाव न डालने पाएँ।

अब प्रश्न यह है कि यह हो कैसे सकता है। हम देखते हैं कि हम जिस किसी कर्म में लिप्त हो जाते हैं, उसका संस्कार हमारे मन में रह जाता है। मान लो, सारे दिन में मैं सैकड़ों आदमियों से मिला और उन्हीं में एक ऐसे व्यक्ति से भी मिला, जिससे मुझे प्रेम है। तब यदि रात को सोते समय मैं उन सब लोगों को स्मरण करने का प्रयत्न करूँ, तो देखूँगा कि मेरे सम्मुख केवल उसी व्यक्ति का चेहरा आता है, जिसे मैं प्रेम करता हूँ? भले ही उसे मैंने केवल एक ही मिनट के लिए देखा हो। उसके अतिरिक्त अन्य सब व्यक्ति अंतर्हित हो जाएँगे। ऐसा क्यों? इसलिए कि इस व्यक्ति के प्रति मेरी विशेष आसक्ति ने मेरे मन पर अन्य सभी लोगों की अपेक्षा एक अधिक गहरा प्रभाव डाल दिया था। शरीर-विज्ञान की दृष्टि से तो सभी व्यक्तियों का प्रभाव एक सा ही हुआ था। प्रत्येक व्यक्ति

का चेहरा नेत्रपट पर उतर आया था और मस्तिष्क में उसके चित्र भी बन गए थे। परंतु फिर भी मन पर इन सबका प्रभाव एक-समान न था। संभवत: अधिकतर व्यक्तियों के चेहरे एकदम नए थे, जिनके बारे में मैंने पहले कभी विचार भी न किया होगा; परंतु वह एक चेहरा, जिसकी मुझे केवल एक झलक ही मिली थी, भीतर तक समा गया! शायद इस चेहरे का चित्र मेरे मन में वर्षों से रहा हो और मैं उसके बारे में सैकड़ों बातें जानता होऊँ; अत: उसकी इस एक झलक ने ही मेरे मन में उन सैकड़ों सोती हुई यादगारों को जगा दिया। और इसलिए शेष अन्य सब चेहरों को देखने के समवेत फलस्वरूप मन में जितने सब संस्कार पड़े, इस एक चेहरे को देखने से मेरे मानसपटल पर उन सबकी अपेक्षा सौ गुना अधिक संस्कार पड़ गया। इसी कारण उसने मन के ऊपर सहज ही इतना प्रबल प्रभाव जमा दिया।

अतएव अनासक्त होओ; कार्य होते रहने दो—मस्तिष्क के केंद्र अपना- अपना कार्य करते रहें, निरंतर कार्य करते रहें, परंतु एक लहर को भी अपने मन पर प्रभाव मत डालने दो। संसार में इस प्रकार कर्म करो, मानो तुम एक विदेशी पथिक हो, दो दिन के लिए यहाँ आए हो। कर्म तो निरंतर करते रहो, परंतु अपने को बंधन में मत डालो; बंधन बड़ा भयानक है। संसार हमारी निवासभूमि नहीं है; यह तो उन सोपानों में से एक है; जिनमें से होकर हम जा रहे हैं। सांख्यदर्शन के उस महावाक्य को मत भूलो, समस्त प्रकृति आत्मा के लिए है, आत्मा प्रकृति के लिए नहीं।

प्रकृति के अस्तित्व का प्रयोजन आत्मा की शिक्षा के निमित्त ही है, इसका और कोई अर्थ नहीं। उसका अस्तित्व इसीलिए है कि आत्मा को ज्ञानलाभ हो जाए तथा ज्ञान द्वारा आत्मा अपने को मुक्त कर ले। यदि हम यह बात निरंतर ध्यान में रखें, तो हम प्रकृति में कभी आसक्त न होंगे; हमें यह ज्ञान हो जाएगा कि प्रकृति हमारे लिए एक पुस्तक सदृश है, जिसका हमें अध्ययन करना है; और जब हमें उससे आवश्यक ज्ञान प्राप्त हो

जाएगा तो फिर वह पुस्तक हमारे लिए किसी काम की नहीं रहेगी। परंतु इसके विपरीत हो यह रहा है कि हम अपने को प्रकृति में ही मिला दे रहे हैं; यह सोच रहे हैं कि आत्मा प्रकृति के लिए है, आत्मा शरीर के लिए है; और जैसी कि एक कहावत है, हम सोचते हैं, मनुष्य खाने के लिए ही जीवित रहता है, न कि जीवित रहने के लिए खाता है; और यह भूल हम निरंतर करते रहते हैं। प्रकृति को ही अहं मानकर हम प्रकृति में आसक्त बने रहते हैं। और ज्यों ही इस आसक्ति का प्रादुर्भाव होता है, त्यों ही आत्मा पर प्रबल संस्कार का निर्माण हो जाता है, जो हमें बंधन में डाल देता है और जिसके कारण हम मुक्तभाव से कार्य न करके दास की तरह कार्य करते रहते हैं।

इस सारी शिक्षा का सार यही है कि तुम्हें एक स्वामी के समान कार्य करना चाहिए, न कि एक दास की तरह। कर्म तो निरंतर करते रहो, परंतु एक दास के समान मत करो। सब लोग किस प्रकार कर्म कर रहे हैं, क्या यह तुम नहीं देखते? इच्छा होने पर भी कोई आराम नहीं ले सकता। 10 प्रतिशत लोग तो दासों की तरह कार्य करते रहते हैं और उसका फल है दुःख; ये सब कार्य स्वार्थपरक होते हैं। मुक्तभाव से कर्म करो, प्रेमसहित कर्म करो। प्रेम शब्द का यथार्थ अर्थ समझना बहुत कठिन है। बिना स्वाधीनता के प्रेम आ ही नहीं सकता। दास में सच्चा प्रेम होना संभव नहीं। यदि तुम एक गुलाम मोल ले लो और उसे जंजीरों से बाँधकर उससे अपने लिए कार्य कराओ, तो वह कष्ट उठाकर किसी प्रकार कार्य करेगा अवश्य, पर उसमें किसी प्रकार का प्रेम नहीं रहेगा। इसी तरह जब हम संसार के लिए दासवत् कर्म करते हैं, तो इसके प्रति हमारा प्रेम नहीं रहता और इसलिए वह सच्चा कर्म नहीं हो सकता। हम अपने बंधु-बांधवों के लिए जो कर्म करते हैं, जहाँ तक कि हम अपने स्वयं के लिए भी जो कर्म करते हैं, उसके बारे में भी ठीक यही बात है।

स्वार्थ के लिए किया गया कार्य दास का कार्य है। और कोई कार्य

स्वार्थ के लिए है अथवा नहीं, इसकी पहचान यह है कि प्रेम के साथ किया हुआ प्रत्येक कार्य आनंददायक होता है। सच्चे प्रेम के साथ किया हुआ कोई भी कार्य ऐसा नहीं है, जिसके फलस्वरूप शांति और आनंद न आए। प्रकृत सत्ता, प्रकृत शान तथा प्रकृत प्रेम—ये तीनों चिरकाल के लिए परस्पर संबद्ध हैं। असल में ये एक ही में तीन हैं। जहाँ एक रहता है, वहाँ शेष दो भी अवश्य रहते हैं। ये उस अद्वितीय सच्चिदानंद के ही त्रिविध रूप हैं। जब वह सत्ता सांत तथा सापेक्ष रूप में प्रतीत होती है, तो हम उसे विश्व के रूप में देखते हैं। वह ज्ञान भी सांसारिक वस्तुविषयक ज्ञान के रूप में परिणत हो जाता है तथा वह आनंद मानव-हृदय में विद्यमान समस्त प्रकृत-प्रेम की नींव हो जाता है। अतएव सच्चे प्रेम से प्रेमी अथवा उसके प्रेमपात्र को भी कष्ट नहीं हो सकता।

उदाहरणार्थ, मान लो एक मनुष्य एक स्त्री से प्रेम करता है। वह चाहता है कि वह स्त्री केवल उसी के पास रहे; अन्य पुरुषों के प्रति उस स्त्री के प्रत्येक व्यवहार से उसमें ईर्ष्या का उद्रेक होता है। वह चाहता है कि वह स्त्री उसी के पास बैठे, उसी के पास खड़ी रहे तथा उसी की इच्छानुसार खाए-पिए और चले-फिरे। वह स्वयं उस स्त्री का गुलाम हो गया है और चाहता है कि वह स्त्री भी उसकी गुलाम होकर रहे। यह तो प्रेम नहीं है। यह तो गुलामी का एक प्रकार का विकृत भाव है, जो ऊपर से प्रेम जैसा दिखाई देता है। यह प्रेम नहीं हो सकता, क्योंकि वह क्लेशदायक है; यदि वह उस मनुष्य की इच्छानुसार न चले, तो उससे उस मनुष्य को कष्ट होता है। वास्तव में सच्चे प्रेम की प्रतिक्रिया दुःखप्रद तो होती ही नहीं। उससे तो केवल आनंद ही होता है। और यदि उससे ऐसा न होता हो, तो समझ लेना चाहिए कि वह प्रेम नहीं है, बल्कि वह और ही कोई चीज है, जिसे हम भ्रमवश प्रेम कहते हैं। जब तुम अपने पति, अपनी स्त्री, अपने बच्चों, यहाँ तक कि समस्त विश्व को इस प्रकार प्रेम करने में सफल हो सकोगे कि उससे किसी भी प्रकार दुःख, ईर्ष्या अथवा

स्वार्थपरता रूप कोई प्रतिक्रिया नहीं होगी, केवल तभी तुम ठीक-ठीक अनासक्त हो सकोगे।

भगवान् श्रीकृष्ण अर्जुन से कहते हैं, "हे अर्जुन, यदि मैं कर्म करने से एक क्षण के लिए भी रुक जाऊँ, तो सारा विश्व ही नष्ट हो जाए। मुझे कर्म से किसी भी प्रकार का लाभ नहीं; मैं ही जगत् का एकमात्र प्रभु हूँ, फिर भी मैं कर्म क्यों करता हूँ? इसलिए कि मुझे संसार से प्रेम है। ईश्वर अनासक्त है। क्यों? इसलिए कि वे सच्चे प्रेमी हैं। उस सच्चे प्रेम से ही हम अनासक्त हो सकते हैं। जहाँ कहीं आसक्ति है, वहाँ जान लेना चाहिए कि वह केवल भौतिक आकर्षण है—केवल कुछ जड़ कणों के प्रति आकर्षण हो रहा है, मानो कोई एक चीज दो वस्तुओं को लगातार निकटतर खींचे ला रही है; और यदि वे दोनों वस्तुएँ काफी निकट नहीं आ सकतीं, तो फिर कष्ट उत्पन्न होता है। परंतु जहाँ सच्चा प्रेम है, वहाँ भौतिक आकर्षण बिलकुल नहीं रहता। ऐसे प्रेम चाहे सहस्रों योजन दूर पर क्यों न रहे, उनका प्रेम सदैव वैसा ही रहता है, वह प्रेम कभी नष्ट नहीं होता, उससे कभी कोई क्लेशदायक प्रतिक्रिया नहीं होती।

इस प्रकार की अनासक्ति प्राप्त करना लगभग जीवन भर का कार्य है। परंतु इसका लाभ होते ही हमें अपनी प्रेमसाधना का लक्ष्य प्राप्त हो जाता है और हम मुक्त हो जाते हैं। तब हम प्रकृति के बंधन से छूट जाते हैं और उसके असली स्वरूप को जान लेते हैं। फिर वह हमें बंधन में नहीं डाल सकती। तब हम बिलकुल स्वाधीन हो जाते हैं और कर्म के फलाफल की ओर ध्यान नहीं देते। फिर कौन परवाह करता है कि कर्मफल क्या होगा?

जब तुम अपने बच्चों को कोई चीज देते हो, तो क्या उसके बदले में उनसे कुछ माँगते हो? यह तो तुम्हारा कर्तव्य है कि तुम उनके लिए काम करो, और बस वहीं पर बात खत्म हो जाती है। इसी प्रकार, किसी दूसरे पुरुष, किसी नगर अथवा देश के लिए तुम जो कुछ करो, उसके प्रति

भी वैसा ही भाव रखो; उनसे किसी प्रकार के बदले की आशा न रखो। यदि तुम सदैव ऐसा ही भाव रख सको कि तुम केवल दाता ही हो, जो कुछ तुम देते हो, उससे तुम किसी प्रकार के प्रत्युपकार की आशा नहीं रखते, तो उस कर्म से तुम्हें किसी प्रकार की आसक्ति नहीं होगी। आसक्ति तभी आती है, जब हम बदले की आशा रखते हैं।

यदि दासवत् कार्य करने से स्वार्थपरता और आसक्ति उत्पन्न होती है, तो अपने मन का स्वामी बनकर कार्य करने से अनासक्ति द्वारा उत्पन्न आनंद का लाभ होता है। हम बहुधा अधिकार और न्याय की बातें किया करते हैं, परंतु वे सब केवल एक बच्चे की बोली के समान हैं। मनुष्य के चरित्र का नियमन करनेवाली दो चीजें होती हैं। एक जोर-जुल्म और दूसरी दया। जोर-जुल्म का उपयोग करना सदैव स्वार्थपरतावश ही होता है। बहुधा सभी स्त्री-पुरुष अपनी शक्ति एवं सुविधा का यथासंभव उपयोग करने का प्रयत्न करते हैं। दया दैवी संपत्ति है। भले बनने के लिए हमें दयायुक्त होना चाहिए; यहाँ तक कि न्याय और अधिकार भी दया पर ही प्रतिष्ठित होने चाहिए। कर्मफल की लालसा तो हमारी आध्यात्मिक उन्नति के मार्ग में बाधक है; इतना ही नहीं, अंत में उससे क्लेश भी उत्पन्न होता है। दया और निस्वार्थपरता को कार्य रूप में परिणत करने का एक और उपाय है—और वह है कर्मों को उपासनारूप मानना, यदि हम साकार ईश्वर में विश्वास रखते हैं। यहाँ हम अपने समस्त कर्मों के फल ईश्वर को ही समर्पित कर देते हैं। और इस प्रकार उनकी उपासना करते हुए हमें इस बात का कोई अधिकार नहीं रह जाता कि हम अपने किए हुए कर्मों के बदले में मानवजाति से कुछ माँगें।

प्रभु स्वयं निरंतर कार्य करते रहते हैं और वे सारी आसक्ति से परे हैं। जिस प्रकार पानी कमल के पत्ते को नहीं भिगो सकता, उसी प्रकार कोई कर्म भी फलासक्ति उत्पन्न करके निस्स्वार्थी पुरुष को बंधन में नहीं डाल सकता। अहं-शून्य और अनासक्त पुरुष किसी जनपूर्ण और पापमय

नगर के बीच ही क्यों न रहे, पर पाप उन्हें स्पर्श तक न कर सकेगा। निम्नलिखित कहानी संपूर्ण स्वार्थत्याग का एक दृष्टांत है। कुरुक्षेत्र के युद्ध के बाद पाँचों पांडवों ने एक बड़ा भारी यज्ञ किया। उसमें निर्धनों को बहुत सा दान दिया गया। सभी लोगों ने उस यश की महत्ता एवं ऐश्वर्य पर आश्चर्य प्रकट किया और कहा कि ऐसा यज्ञ संसार में इसके पहले कभी नहीं हुआ था। यश के बाद उस स्थान पर एक छोटा सा नेवला आया। नेवले का आधा शरीर सुनहला था और शेष आधा भूरा। वह नेवला उस यज्ञभूमि की मिट्टी पर लोटने लगा। थोड़ी देर बाद उसने दर्शकों से कहा, 'तुम सब झूठे हो। यह कोई यज्ञ नहीं है।' लोगों ने कहा, 'क्या! तुम कहते क्या हो? यह कोई यज्ञ ही नहीं है? तुम जानते हो, इस यश में कितना खर्च हुआ है, गरीबों को कितने हीरे-जवाहरात बाँटे गए हैं, जिससे वे सब के सब धनी एवं खुशहाल हो गए है? यह तो इतना बड़ा यज्ञ था कि ऐसा शायद ही किसी मनुष्य ने किया हो।' परंतु नेवले ने कहा, 'सुनो, एक छोटे से गाँव में एक निर्धन ब्राह्मण रहता था, साथ ही उसकी स्त्री, पुत्र और पुत्रवधू। वे लोग बड़े गरीब थे। पूजा-पाठ से उन्हें जो कुछ मिलता, उसी पर उनका निर्वाह होता था। एक बार उस गाँव में तीन साल तक अकाल पड़ा, जिससे उस बेचारे ब्राह्मण के दुःख-कष्ट की पराकाष्ठा हो गई। एक बार तो सारे कुटुंब को पाँच दिन तक उपवास करना पड़ा। छठे दिन वह ब्राह्मण भाग्यवश कहीं से थोड़ा सा जौ का आटा ले आया। उस आटे के चार भाग किए गए। उन्होंने उसकी रोटी बनाई और ज्यों ही वे उसे खाने बैठे कि किसी ने दरवाजे को खटखटाया। पिता ने उठकर दरवाजा खोला, तो देखते हैं कि बाहर एक अतिथि खड़ा है। भारतवर्ष में अतिथि बड़ा पवित्र माना जाता है। वह तो उस समय के लिए नारायण ही समझा जाता है और उसके साथ तरु व्यवहार भी किया जाता है। अतएव उस गरीब ब्राह्मण ने कहा, 'महाराज, पधारिए, आपका स्वागत है।' और उसने अतिथि के सामने अपना भाग रख दिया। अतिथि उसे जल्दी खा

गया और बोला, 'अरे, आपने तो मुझे और भी मार डाला। मैं दस दिन का भूखा हूँ और भोजन के इस छोटे टुकड़े ने तो मेरी भूख और भी बढ़ा दी।' तब स्त्री ने अपने पति से कहा, 'आप मेरा भाग भी दे दीजिए।' पति ने कहा, 'नहीं, ऐसा नहीं होगा।' परंतु स्त्री अपनी बात पर अड़ी रही और कहा, 'वह बेचारा गरीब भूखा है, हमारे यहाँ आया है। गृहस्थ की हैसियत से हमारा यह धर्म है कि हम उसे भोजन कराएँ। यह देखकर कि आप उसे अधिक नहीं दे सकते, पत्नी के नाते मेरा यह कर्तव्य है कि मैं उसे अपना भी भाग दे दूँ।' ऐसा कह उसने भी अपना भाग अतिथि को दे दिया। अतिथि ने वह भी खा लिया और कहा, 'मैं तो भूख से अभी भी जल रहा हूँ।' तब लड़के ने कहा, 'आप मेरा भाग भी लीजिए, क्योंकि पुत्र का यह धर्म है कि वह पिता के कर्तव्यों को पूरा करने में उन्हें सहायता दे।' अतिथि ने वह भी खा लिया, परंतु फिर भी उसकी तृप्ति नहीं हुई। अतएव बहू ने भी उसे अपना भाग दे दिया। अब यह पर्याप्त हो गया और अतिथि ने उनको आशीर्वाद दे विदा ली।

उसी रात वे चारों बेचारे भूख से पीड़ित हो मर गए। उस आटे के कुछ कण इधर-उधर जमीन पर बिखर गए थे और जब मैंने उन पर लोट लगाई, तो मेरा आधा शरीर सुनहला हो गया, जैसा कि तुम अभी देख ही रहे हो। उस समय से मैं संसार भर में भ्रमण कर रहा हूँ और चाहता हूँ कि किसी दूसरी जगह भी मुझे ऐसा ही यज्ञ देखने को मिले; परंतु वैसा यज्ञ मुझे कहीं देखने को नहीं मिला। मेरा शेष आधा शरीर किसी दूसरी जगह सुनहला न हो सका। इसीलिए तो कहता हूँ कि यह कोई यज्ञ ही नहीं है।'

त्याग का यह भाव भारतवर्ष से धीरे-धीरे लुप्त होता जा रहा है; महानुभाव व्यक्तियों की संख्या धीरे-धीरे कम होती जा रही है। जब बचपन में मैंने अंग्रेजी पढ़ना आरंभ किया था, उस समय मैंने अंग्रेजी की एक पुस्तक पढ़ी, जिसमें एक ऐसे कर्तव्यपरायण बालक का वर्णन था, जिसने काम करके जो कुछ उपार्जन किया था, उसका कुछ भाग अपनी

वृद्ध माता को दे दिया था। उस बालक के इस कृत्य की प्रशंसा पुस्तक के तीन-चार पृष्ठों में गाई गई थी। परंतु इसमें कौन सा असाधारणत्व है? कोई भी हिंदू बालक उस कहानी की नीतिशिक्षा को नहीं समझ सकता। और मुझे भी उसका महत्त्व आज ही समझ में आ रहा है, जब मैं इस पश्चिमी रिवाज को सुनता तथा देखता हूँ कि यहाँ प्रत्येक मनुष्य अपने-अपने लिए ही है। इस देश में ऐसे भी लोग अनेक हैं, जो सबकुछ अपने ही लिए रख लेते हैं—उनके पिता, माता, स्त्री और बच्चों की फिर चाहे जैसी दशा क्यों न हो। एक गृहस्थ का ऐसा आदर्श तो कदापि न होना चाहिए।

अब तुमने देखा, कर्मयोग का अर्थ क्या है। उसका अर्थ है—मौत के मुँह में भी बिना तर्क-वितर्क के सबकी सहायता करना। भले ही तुम लाखों बार ठगे जाओ, पर मुँह से एक बात तक न निकालो; और तुम जो कुछ भले कार्य कर रहे हो, उनके संबंध में सोचो तक नहीं। निर्धन के प्रति किए गए उपकार पर गर्व मत करो और न उससे कृतज्ञता की ही आशा रखो; बल्कि उलटे तुम्हीं उसके कृतज्ञ होओ—यह सोचकर कि उसने तुम्हें दान देने का एक अवसर दिया है। अतएव यह स्पष्ट है कि एक आदर्श संन्यासी होने की अपेक्षा एक आदर्श गृहस्थ होना अधिक कठिन है। यथार्थ कर्ममय जीवन यथार्थ त्यागमय जीवन की अपेक्षा यदि अधिक कठिन नहीं, तो कम-से-कम उसके बराबर कठिन तो अवश्य है।

❑

कर्तव्य क्या है

कर्मयोग का तत्त्व समझने के लिए यह जान लेना आवश्यक है कि कर्तव्य क्या है। यदि मुझे कोई काम करना है तो पहले मुझे यह जान लेना चाहिए कि वह मेरा कर्तव्य है, और तभी मैं उसे कर सकता हूँ। विभिन्न जातियों में, विभिन्न देशों में इस कर्तव्य के संबंध में भिन्न-भिन्न धारणाएँ हैं। एक मुसलमान कहता है कि जो कुछ कुरान-शरीफ में लिखा है, वही मेरा कर्तव्य है; इसी प्रकार एक हिंदू कहता है कि जो कुछ मेरे वेदों में लिखा है, वही मेरा कर्तव्य है; फिर एक ईसाई की दृष्टि में जो कुछ उसकी बाइबिल में लिखा है, वही उसका कर्तव्य है। इससे हमें स्पष्ट दीख पड़ता है कि जीवन में अवस्था, काल एवं जाति के भेद से कर्तव्य के संबंध में धारणाएँ भी बहुविध होती हैं। अन्यान्य सार्वभौमिक भावसूचक शब्दों की तरह कर्तव्य शब्द की भी ठीक-ठीक व्याख्या करना दुरूह है। व्यावहारिक जीवन में उसकी परिणति तथा उसके फलाफलों द्वारा ही हमें उसके संबंध में कुछ धारणा हो सकती है।

जब हमारे सामने कुछ बातें घटती हैं, तो हम सब लोगों में उस संबंध में एक विशेष रूप से कार्य करने की स्वाभाविक अथवा पूर्व संस्कारानुयायी प्रवृत्ति उदित हो जाती है और प्रवृत्ति के उदय होने पर मन उस घटना के संबंध में सोचने लगता है। कभी तो वह यह सोचता है कि इस प्रकार की अवस्था में इसी तरह कार्य करना उचित है, फिर किसी दूसरे समय उसी

प्रकार की अवस्था होने पर भी पूर्वोक्त रूप से कार्य करना अनुचित प्रतीत होता है। कर्तव्य के संबंध में सर्वत्र साधारण धारणा यही देखी जाती है कि सत्पुरुषगण अपने विवेक के आदेशानुसार कर्म किया करते हैं। परंतु वह क्या है, जिससे एक कर्म कर्तव्य बन जाता है ? जीने-मरने की समस्या के समय एक ईसाई के सामने गो-मांस का एक टुकड़ा रहने पर भी यदि वह अपनी प्राणरक्षा के लिए उसे नहीं खाता अथवा किसी दूसरे मनुष्य के प्राण बचाने के लिए वह मांस नहीं दे देता तो उसे निश्चय ही ऐसा लगेगा कि उसने अपना कर्तव्य नहीं किया। परंतु इसी अवस्था में यदि एक हिंदू स्वयं वह गो-मांस का टुकड़ा खा ले अथवा किसी दूसरे हिंदू को दे दे, तो अवश्य उसे भी ठीक उसी प्रकार यह लगेगा कि उसने अपना कर्तव्य नहीं किया। हिंदू जाति की शिक्षा तथा संस्कार ही ऐसे हैं, जिनके कारण उसके हृदय में ऐसे भाव जाग्रत् हो जाते हैं।

पिछली शताब्दी में भारतवर्ष में डाकुओं का एक मशहूर दल था, जिन्हें ठग कहते थे। वे किसी मनुष्य को मार डालना तथा उसका धन छीन लेना अपना कर्तव्य समझते थे। वे जितने अधिक मनुष्यों को मारने में समर्थ होते थे, उतना ही अपने को श्रेष्ठ समझते थे। साधारणतया यदि एक मनुष्य सड़क पर जाकर किसी दूसरे मनुष्य को बंदूक से मार डाले, तो निश्चय ही उसे यह सोचकर दुःख होगा कि कर्तव्य-भ्रष्ट हो उसने अनुचित कार्य कर डाला है। परंतु यदि वही मनुष्य एक फौज में सिपाही की हैसियत से एक नहीं बल्कि बीसों आदमियों को भी मार डाले, तो उसे यह सोचकर अवश्य प्रसन्नता होगी कि उसने अपना कर्तव्य बहुत सुंदर ढंग से निबाहा। इस प्रकार यह स्पष्ट है कि केवल किसी कार्यविशेष का विचार करने से ही हमारा कर्तव्य निर्धारित नहीं होता।

अतएव केवल बाह्य कार्यों के आधार पर कर्तव्य की व्याख्या करना नितांत असंभव है। अमुक कार्य कर्तव्य है तथा अमुक अकर्तव्य-कर्तव्याकर्तव्य का इस प्रकार विभाग-निर्देश नहीं किया जा सकता। परंतु

फिर भी आंतरिक दृष्टिकोण (Subjective side) से कर्तव्य की व्याख्या हो सकती है। यदि किसी कर्म द्वारा हम भगवान् की ओर बढ़ते हैं, तो वह सत् कर्म है और वह हमारा कर्तव्य है; परंतु जिस कर्म द्वारा हम नीचे गिरते हैं, वह बुरा है; वह हमारा कर्तव्य नहीं। आंतरिक दृष्टिकोण से देखने पर हमें यह प्रतीत होता है कि कुछ कार्य ऐसे होते हैं, जो हमें उन्नत बनाते हैं, और दूसरे ऐसे, जो हमें नीचे ले जाते हैं और पशुवत् बना देते हैं। किंतु विभिन्न व्यक्तियों में कौन सा कार्य किस तरह का भाव उत्पन्न करेगा, यह निश्चित रूप से बताना असंभव है। सभी युगों में समस्त संप्रदायों और देशों के मनुष्यों द्वारा मान्य यदि कर्तव्य का कोई एक सार्वभौमिक भाव रहा है, तो वह है—'परोपकारः पुण्याय, पापाय परपीड्नम्।'अर्थात् परोपकार ही पुण्य है, और दूसरों को दुःख पहुँचाना ही पाप है।

श्रीमद्भगवद्गीता में जन्मगत तथा अवस्थागत कर्तव्यों का बारंबार वर्णन है। जीवन के विभिन्न कर्तव्यों के प्रति मनुष्य का जो मानसिक और नैतिक दृष्टिकोण रहता है, वह अनेक अंशों में उसके जन्म और उसकी अवस्था द्वारा नियमित होता है। इसीलिए अपनी सामाजिक अवस्था के अनुरूप एवं हृदय तथा मन को उन्नत बनानेवाले कार्य करना ही हमारा कर्तव्य है। परंतु वह विशेष रूप से ध्यान रखना चाहिए कि सभी देश और समाज में एक ही प्रकार के आदर्श एवं कर्तव्य प्रचलित नहीं हैं। इस विषय में हमारी अज्ञता ही एक जाति की दूसरी के प्रति घृणा का मुख्य कारण है। एक अमेरिका निवासी समझता है कि उसके देश की प्रथाएँ ही सर्वोत्कृष्ट हैं, अतएव जो कोई उसकी प्रथाओं के अनुसार बरताव नहीं करता, वह दुष्ट है। इस प्रकार एक हिंदू सोचता है कि उसी के रस्म-रिवाज संसार भर में ठीक और सर्वोत्तम हैं, और जो उनका पालन नहीं करता, वह महा दुष्ट है। हम सहज ही इस भ्रम में पड़ जाते हैं, और ऐसा होना बहुत स्वाभाविक भी है। परंतु यह बहुत अहितकर है; संसार में परस्पर के प्रति सहानुभूति के अभाव एवं पारस्परिक घृणा का यह प्रधान

कारण है। मुझे स्मरण है, जब मैं इस देश में आया और जब मैं शिकागो प्रदर्शनी में से जा रहा था, तो किसी आदमी ने पीछे से मेरा साफा खींच लिया। मैंने पीछे घूमकर देखा, तो अच्छे कपड़े पहने हुए एक सज्जन दिखाई पड़े। मैंने उनसे बातचीत की और जब उन्हें यह मालूम हुआ कि मैं अंग्रेजी भी जानता हूँ तो वे बहुत शर्मिंदा हुए। इसी प्रकार, उसी सम्मेलन में एक दूसरे अवसर पर एक मनुष्य ने मुझे धक्का दे दिया; पीछे घूमकर जब मैंने उससे कारण पूछा, तो वह भी बहुत लज्जित हुआ और हकला-हकलाकर मुझसे माफी माँगते हुए कहने लगा, 'आप ऐसी पोशाक क्यों पहनते हैं?' इन लोगों की सहानुभूति बस अपनी ही भाषा और वेशभूषा तक सीमित थी। शक्तिशाली जातियाँ कमजोर जातियों पर जो अत्याचार करती हैं, उसका अधिकांश इसी दुर्भावना के कारण होता है।

मानवमात्र के प्रति मानव का जो बंधु भाव रहता है, उसको यह सोख लेता है। संभव है, वह मनुष्य जिसने मेरी पोशाक के बारे में पूछा था तथा जो मेरे साथ मेरी पोशाक के कारण ही दुर्व्यवहार करना चाहता था, एक भला आदमी रहा हो, एक संतानवत्सल पिता और एक सभ्य नागरिक रहा हो; परंतु उसकी स्वाभाविक सहृदयता का अंत बस उसी समय हो गया, जब उसने मुझ जैसे एक व्यक्ति को दूसरे वेश में देखा। सभी देशों में विदेशियों को अनेक अत्याचार सहने पड़ते हैं, क्योंकि वे यह नहीं जानते कि परदेश में अपने को कैसे बचाएँ। और इस प्रकार वे उन देशवासियों के प्रति अपने देश में मूल धारणाएँ साथ ले जाते हैं। मल्लाह, सिपाही और व्यापारी दूसरे देशों में ऐसे अद्भुत व्यवहार किया करते हैं, जैसा अपने देश में करना वे स्वप्न में भी नहीं सोच सकेंगे। शायद यही कारण है कि चीनी लोग यूरोप और अमेरिका निवासियों को 'विदेशी भूत' कहा करते हैं। पर यदि उन्हें पश्चिमी देश की सज्जनता तथा उसकी नम्रता का भी अनुभव हुआ होता, तो वे शायद ऐसा न कहते।

अतएव हमें जो एक बात विशेष रूप से ध्यान में रखनी चाहिए, वह

यह है कि हम दूसरे के कर्तव्यों को उसी की दृष्टि से देखें, दूसरों के रीति-रिवाजों को अपने रीति-रिवाज के मापदंड से न जाँचें। यह हमें विशेष रूप से जान लेना चाहिए कि हमारी धारणा के अनुसार सारा संसार नहीं चल सकता, हमें ही सारे संसार के साथ मिल-जुलकर चलना होगा, सारा संसार कभी भी हमारे भाव के अनुकूल नहीं चल सकता। इस प्रकार हम देखते हैं कि देश-काल-पात्र के अनुसार हमारे कर्तव्य कितने बदल जाते हैं। और सबसे श्रेष्ठ कर्म तो यह है कि जिस विशिष्ट समय पर हमारा जो कर्तव्य हो, उसी को हम भलीभाँति निबाहें। पहले तो हमें जन्म से प्राप्त कर्तव्य को करना चाहिए, और उसे कर चुकने के बाद समाज-जीवन में हमारे पद के अनुसार जो कर्तव्य हो, उसे संपन्न करना चाहिए। प्रत्येक व्यक्ति जीवन में किसी-न-किसी अवस्था में अवस्थित है; उसके लिए पहले उसी अवस्थानुयायी कर्म करना आवश्यक है। मानव-स्वभाव की एक विशेष कमजोरी यह है कि वह स्वयं अपनी ओर कभी नजर नहीं फेरता। वह तो सोचता है कि मैं भी राजा के सिंहासन पर बैठने योग्य हूँ। और यदि मान लिया जाए कि वह है भी, तो सबसे पहले उसे यह दिखा देना चाहिए कि वह अपने वर्तमान पद का कर्तव्य भलीभाँति कर चुका है। ऐसा होने पर तब उसके सामने उच्चतर कर्तव्य आएँगे। जब संसार में हम लगन से काम शुरू करते हैं, तो प्रकृति हमें चारों ओर से धक्के देने लगती है और शीघ्र ही हमें इस योग्य बना देती है कि हम अपना वास्तविक पद निर्धारित कर सकें। जो जिस कार्य के उपयुक्त नहीं है, वह दीर्घ काल तक उस पद में रहकर सबको संतुष्ट नहीं कर सकता। अतएव प्रकृति हमारे लिए जिस कर्तव्य का विधान करती है, उसका विरोध करना व्यर्थ है। यदि कोई मनुष्य छोटा कार्य करे, तो उसी कारण वह छोटा नहीं कहा जा सकता। कर्तव्य के केवल ऊपरी रूप से ही मनुष्य की उच्चता या नीचता का निर्णय करना उचित नहीं, देखना तो यह चाहिए कि वह अपना कर्तव्य किस भाव से करता है।

बाद में हम देखेंगे कि कर्तव्य की यह धारणा भी परिवर्तित हो जाती है और यह भी देखेंगे कि सबसे श्रेष्ठ कार्य तो तभी होता है, जब उसके पीछे किसी प्रकार स्वार्थ की प्रेरणा न हो। फिर भी यह स्मरण रखना चाहिए कि कर्तव्य-ज्ञान से किया हुआ कर्म ही हमें कर्तव्य-ज्ञान से अतीत कर्म की ओर ले जाता है। और तब कर्म उपासना में परिणत हो जाता है, इतना ही नहीं, वरन् उस समय कर्म का अनुष्ठान केवल कर्म के लिए ही होता है। फिर हमें प्रतीत होगा कि कर्तव्य, चाहे वह नीति पर अधिष्ठित हो अथवा प्रेम पर, उसका उद्देश्य वही है, जो अन्य किसी योग का, अर्थात् कच्चे मैं को क्रमश: घटाते-घटाते बिलकुल नष्ट कर देना, जिससे अंत में पक्का मैं अपनी असली महिमा में प्रकाशित हो जाए तथा निम्न स्तर में अपनी शक्तियों का क्षय होने से रोकना, जिससे आत्मा अधिकाधिक उच्च भूमि में प्रकाशमान हो सके। नीच वासनाओं के उदय होने पर भी यदि हम उन्हें वश में ले आएँ, तो उससे हमारी आत्मा की महिमा का विकास होता रहता है। कर्तव्य-पालन में भी इस स्वार्थत्याग की आवश्यकता अनिवार्य है। इसी प्रकार ज्ञान अथवा अज्ञानवश सारी समाजसंस्था संगठित हुई है; वह मानो एक कार्यक्षेत्र है—सत्-असत् की एक परीक्षाभूमि है। इस कार्यक्षेत्र में स्वार्थपूर्ण वासनाओं को धीरे-धीरे कम करते हुए हम मनुष्य के प्रकृत स्वरूप के अनंत विकास का पथ खोल देते हैं।

पर कर्तव्य का पालन शायद ही कभी मधुर होता हो। कर्तव्यचक्र तभी हलका और आसानी से चलता है, जब उसके पहियों में प्रेमरूपी चिकनाई लगी होती है, नहीं तो यह निरंतर एक घर्षण सा ही है। यदि ऐसा न हो, तो माता-पिता अपने बच्चों के प्रति, बच्चे अपने माता-पिता के प्रति, पति अपनी स्त्री के प्रति तथा स्त्री अपने पति के प्रति अपना-अपना कर्तव्य कैसे निभा सकें? क्या इस घर्षण के उदाहरण हमें अपने दैनिक जीवन में सदैव दिखाई नहीं देते? कर्तव्य-पालन की मधुरता प्रेम में ही है,

और प्रेम का विकास केवल स्वतंत्रता में होता है। परंतु सोचो तो सही, इंद्रियों का, क्रोध का, ईर्ष्या का तथा मनुष्य के जीवन में प्रतिदिन होनेवाली अन्य सैकड़ों छोटी-छोटी बातों का गुलाम होकर रहना क्या स्वतंत्रता है? अपने जीवन के इन सब क्षुद्र संघर्षों में सहिष्णुता धारण करना ही स्वतंत्रता की सर्वोच्च अभिव्यक्ति है। स्त्रियाँ स्वयं अपने चिड़चिड़े एवं ईर्ष्यापूर्ण स्वभाव की गुलाम होकर अपने पतियों को दोष दिया करती हैं। वे दावा करती हैं कि हम स्वाधीन हैं; परंतु वे नहीं जानतीं कि ऐसा करने से वे स्वयं को निरी गुलाम सिद्ध कर रही हैं। और यही हाल उन पतियों का भी है, जो सदैव अपनी स्त्रियों में दोष देखा करते हैं।

पावित्र्य ही स्त्री और पुरुष का सर्वप्रथम धर्म है। ऐसा उदाहरण शायद ही कहीं हो कि एक पुरुष—वह चाहे जितना भी पथभ्रष्ट क्यों न हो गया हो, अपनी नम्र, प्रेमपूर्ण तथा पतिव्रता स्त्री द्वारा ठीक रास्ते पर न लाया जा सके। संसार अभी भी उतना गिरा नहीं है। हम बहुधा संसार में बहुत से निर्दय पतियों तथा पुरुषों के भ्रष्टाचरण के बारे में सुनते रहते हैं; परंतु क्या यह बात सच नहीं है कि संसार में उतनी ही निर्दय तथा भ्रष्ट स्त्रियाँ भी हैं?

यदि अमेरिका की सभी स्त्रियाँ इतनी शुद्ध और पवित्र होतीं, जितना कि वे दावा करती हैं, तो मुझे पूरा विश्वास है कि समस्त संसार में एक भी अपवित्र मनुष्य न रह जाता। ऐसा कौन सा पाशविक भाव है, जिसे पवित्र और सतीत्व पराजित नहीं कर सकता? एक शुद्ध पतिव्रता स्त्री, जो अपने पति को छोड़कर अन्य सब पुरुषों को पुत्रवत् समझती है तथा उनके प्रति माता का भाव रखती है, धीरे-धीरे अपनी पवित्रता की शक्ति में इतनी उन्नत हो जाएगी कि एक अत्यंत पाशविक प्रवृत्तिवाला मनुष्य भी उसके सान्निध्य में पवित्र वातावरण का अनुभव करेगा। इसी प्रकार प्रत्येक पति को, अपनी स्त्री को छोड़कर अन्य सब स्त्रियों को अपनी माता, बहिन अथवा पुत्री के समान देखना चाहिए। विशेषकर उस मनुष्य को, जो धर्म

का प्रचारक होना चाहता है, यह आवश्यक है कि वह प्रत्येक स्त्री को मातृवत् देखे और उसके साथ सदैव तद्रूप व्यवहार करे।

मातृपद ही संसार में सबसे श्रेष्ठ पद है, क्योंकि यही एक ऐसा पद है, जिससे अधिक-से-अधिक निस्स्वार्थता की शिक्षा प्राप्त हो सकती है, निस्स्वार्थ कार्य किया जा सकता है। केवल भगवत्प्रेम ही माता के प्रेम से उच्च है, अन्य सब तो निम्न श्रेणी के हैं। माता का कर्तव्य है कि पहले वह अपने बच्चों का सोचे और फिर अपना; परंतु उसके बजाय यदि माता-पिता सर्वदा पहले अपने ही बारे में सोचें तो फल यह होगा कि उनमें तथा उनके बच्चों में वही संबंध स्थापित हो जाएगा, जो चिड़ियों तथा उनके बच्चों में होता है। चिड़ियों के बच्चे जब उड़ने योग्य हो जाते हैं, तो अपने माँ-बाप को पहचानते तक नहीं। वास्तव में वह पुरुष धन्य है, जो भी को ईश्वर के मातृभाव की प्रतिमूर्ति समझता है; और वह स्त्री भी धन्य है, जो पुरुष का ईश्वर के पितृभाव की प्रतिमूर्ति मानती है; तथा वे बच्चे भी धन्य हैं, जो अपने माता-पिता को भगवान् का ही रूप मानते हैं।

हमारी उन्नति का एकमात्र उपाय यह है कि हम पहले वह कर्तव्य करें, जो हमारे हाथ में है। और इस प्रकार धीरे-धीरे शक्तिसंचय करते हुए क्रमशः हम सर्वोच्च अवस्था को प्राप्त कर सकते हैं। किसी भी कर्तव्य को घृणा की दृष्टि से नहीं देखना चाहिए। मैं पुनः कहता हूँ, जो व्यक्ति अपेक्षाकृत निम्न कार्य करता है, वह किसी उच्चतर कार्य करनेवाले की अपेक्षा निम्नतर श्रेणी का नहीं हो जाता। केवल मनुष्य के कर्तव्य का रूप देखकर उसकी उच्चता-नीचता का विचार करने से नहीं बनेगा, देखना तो यह होगा कि वह उस कर्तव्य का पालन किस ढंग से करता है। कार्य करने की उसकी शक्ति और ढंग से ही उसकी जाँच की जानी चाहिए।

एक तरुण संन्यासी किसी वन में गया। वहाँ उसने दीर्घ काल तक ध्यान-भजन तथा योगाभ्यास किया। अनेक वर्षों की कठिन तपस्या के बाद एक दिन जब वह एक वृक्ष के नीचे बैठा था, तो उसके ऊपर वृक्ष से

कुछ सूखी पत्तियाँ आ गिरीं। उसने ऊपर निगाह उठाई, तो देखा कि एक कौआ और एक बगुला पेड़ पर लड़ रहे हैं। यह देखकर संन्यासी को बहुत क्रोध आया। उसने कहा, "यह क्या! तुम्हारा इतना साहस कि तुम ये सूखी पत्तियाँ मेरे सिर पर फेंको?" इन शब्दों के साथ संन्यासी की कुद्ध आँखों से आग की एक ज्वाला सी निकली, और वे बेचारी दोनों चिड़ियाँ उसमें जलकर भस्म हो गईं। अपने में यह शक्ति देखकर वह संन्यासी बड़ा खुश हुआ; उसने सोचा, वाह, अब तो मैं दृष्टि मात्र से कौए-बगुले को भस्म कर सकता हूँ। कुछ समय बाद भिक्षा के लिए वह एक गाँव में गया। गाँव में जाकर वह एक दरवाजे पर खड़ा हुआ और पुकारा, 'माँ, कुछ भिक्षा मिले।' भीतर से आवाज आई, 'थोड़ा रुको, मेरे बेटे।' संन्यासी ने मन में सोचा, 'अरे दुष्टा, तेरा इतना साहस कि तू मुझसे प्रतीक्षा कराए! अब भी तू मेरी शक्ति नहीं जानती?' संन्यासी ऐसा सोच ही रहा था कि भीतर से फिर एक आवाज आई, 'बेटा, अपने को इतना बड़ा मत समझ। यहाँ न तो कोई कौआ है और न बगुला।' यह सुनकर संन्यासी को बड़ा आश्चर्य हुआ। बहुत देर तक खड़े रहने के बाद अंत में घर में से एक स्त्री निकली और उसे देखकर संन्यासी उसके चरणों पर गिर पड़ा और बोला, 'माँ, तुम्हें यह सब कैसे मालूम हुआ?' स्त्री ने उत्तर दिया, 'बेटा, न तो मैं तुम्हारा योग जानती हूँ और न तुम्हारी तपस्या। मैं तो एक साधारण स्त्री हूँ। मैंने तुम्हें इसलिए थोड़ी देर रोका था कि मेरे पतिदेव बीमार हैं और मैं उनकी सेवा-शुश्रूषा में संलग्न थी। यही मेरा कर्तव्य है। सारे जीवन मैं इसी बात का यत्न करती रही हूँ कि मैं अपना कर्तव्य पूर्ण रूप से निबाहूँ। जब मैं अविवाहित थी, तब मैंने अपने माता-पिता के प्रति कन्या का कर्तव्य पूरा किया और अब जब मेरा विवाह हो गया है, तो मैं अपने पतिदेव के प्रति पत्नी का कर्तव्य पूरा करती हूँ। बस यही मेरा योगाभ्यास है। अपना कर्तव्य करने से ही मेरे दिव्य चक्षु खुल गए हैं, जिससे मैंने तुम्हारे विचारों को जान लिया और मुझे इस बात का

भी पता चल गया कि तुमने वन में क्या किया है। यदि तुम्हें इससे भी कुछ उच्चतर तत्त्व जानने की इच्छा है, तो अमुक नगर के बाजार में जाओ, वहाँ तुम्हें एक व्याध मिलेगा। वह तुम्हें कुछ ऐसी बातें बतलाएगा, जिन्हें सुनकर तुम बड़े प्रसन्न होगे।'

संन्यासी ने विचार किया, भला मैं उस शहर में उस व्याध के पास क्यों जाऊँ? परंतु उसने अभी जो घटना देखी, उसे सोचकर उसकी आँखें कुछ खुल गईं। अतएव वह उस शहर को गया। जब वह शहर के नजदीक आया, तो उसने दूर से एक बड़े मोटे व्याध को बाजार में बैठे हुए और बड़े-बड़े छुरों से मांस काटते हुए देखा। वह लोगों से अपना सौदा कर रहा था। संन्यासी ने मन-ही-मन सोचा, 'हरे! हरे! क्या यही वह व्यक्ति है, जिससे मुझे शिक्षा मिलेगी? दिखता तो यह शैतान का अवतार है!' इतने में व्याध ने संन्यासी की ओर देखा और कहा, 'महाराज, क्या उस स्त्री ने आपको मेरे पास भेजा है? कृपया बैठ जाइए। मैं जरा अपना काम समाप्त कर लूँ।' संन्यासी ने सोचा, यहाँ मुझे क्या मिलेगा? खैर, वह बैठ गया। इधर व्याध अपना काम लगातार करता रहा और जब वह अपना काम पूरा कर चुका, तो उसने अपने रुपए-पैसे समेटे और संन्यासी से कहा, "चलिए महाराज, घर चलिए!" घर पहुँचकर व्याध ने उन्हें आसन दिया और कहा, "आप यहाँ थोड़ा ठहरिए।" व्याध अपने घर में चला गया। उसने अपने वृद्ध माता-पिता को स्नान कराया, उन्हें भोजन कराया और उन्हें प्रसन्न करने के लिए जो कुछ कर सकता था, किया। उसके बाद वह उस संन्यासी के पास आया और कहा, "महाराज, आप मेरे पास आए हैं। अब बताइए, मैं आपकी क्या सेवा कर सकता हूँ?" संन्यासी ने उससे आत्मा तथा परमात्मा संबंधी कुछ प्रश्न किए और उनके उत्तर में व्याध ने उसे जो उपदेश दिया, वही महाभारत में 'व्याध-गीता' के नाम से प्रसिद्ध है। 'व्याध-गीता' में हमें वेदांतदर्शन की बहुत उच्च बातें मिलती हैं।

जब व्याध अपना उपदेश समाप्त कर चुका, तो संन्यासी को बड़ा

आश्चर्य हुआ, उसने कहा, "फिर आप ऐसे क्यों रहते हैं ? इतना ज्ञान होते हुए भी आप व्याध क्यों हैं, इतना निंदित और कुत्सित कार्य क्यों करते हैं ?" व्याध ने उत्तर दिया, "वत्स, कोई भी कर्तव्य निंदित नहीं है। कोई भी कर्तव्य अपवित्र नहीं है। मैं जन्म से ही इस परिस्थिति में हूँ। यही मेरा प्रारब्धलब्ध कर्म है। बचपन से ही मैंने यह व्यापार सीखा है, परंतु इसमें मेरी आसक्ति नहीं है। कर्तव्य के नाते मैं इसे उत्तम रूप से करता जाता हूँ। मैं गृहस्थ के नाते अपना कर्तव्य करता हूँ और अपने माता-पिता को प्रसन्न रखने के लिए जो कुछ मुझसे बन पड़ता है, करता हूँ। न तो मैं तुम्हारा योग जानता हूँ और न मैं कभी संन्यासी ही हुआ। संसार छोड़कर मैं कभी वन में नहीं गया, परंतु फिर भी जो कुछ तुमने मुझसे सुना तथा देखा, वह सब मुझे अनासक्त भाव से अपनी अवस्था के अनुरूप कर्तव्य का पालन करने से ही प्राप्त हुआ है।"

भारतवर्ष में एक बहुत बड़े महात्मा हैं। अपने जीवन में मैंने जितने बड़े-बड़े महात्मा देखे, उनमें से वे एक हैं। वे एक बड़े अद्‌भुत व्यक्ति हैं; कभी किसी को उपदेश नहीं देते; यदि तुम उनसे कोई प्रश्न पूछो भी, तो भी वे उसका उत्तर नहीं देते। गुरु का पद ग्रहण करने में वे बड़े संकुचित होते हैं। यदि तुम उनसे आज एक प्रश्न पूछो और उसके बाद कुछ दिन प्रतीक्षा करो, तो किसी दिन अपनी बातचीत में वे उस प्रश्न को उठाकर उस पर बड़ा सुंदर प्रकाश डालते हैं। उन्होंने मुझे एक बार कर्म का रहस्य बताया था। उन्होंने कहा, "साधन और सिद्धि को एकरूप समझो।" अर्थात् साधनाकाल में साधन में ही मन-प्राण अर्पण कर कार्य करो, क्योंकि उसकी चरम अवस्था का नाम ही सिद्धि है। जब तुम कोई कर्म करो, तब अन्य किसी बात का विचार ही मत करो। उसे एक उपासना के—बड़ी-से-बड़ी उपासना के बतौर करो, और उस समय तक के लिए उसमें अपना सारा तन-मन लगा दो। यही बात हमने उपर्युक्त कथा में भी देखी है। व्याध एवं वह स्त्री, दोनों ने अपना-अपना कर्तव्य बड़ी प्रसन्नता

से तथा तन्मय होकर किया और उसका फल यह हुआ कि उन्हें दिव्य-ज्ञान प्राप्त हुआ। इससे हमें यह स्पष्ट प्रतीत होता है कि जीवन की किसी भी अवस्था में, कर्मफल में बिना आसक्ति रखे यदि कर्तव्य उचित रूप से किया जाए, तो उससे हमें परमपद की प्राप्ति होती है।

कर्मफल में आसक्ति रखनेवाला व्यक्ति अपने भाग्य में आए हुए कर्तव्य पर भिनभिनाता है। अनासक्त पुरुष को सब कर्तव्य एकसमान हैं। उसके लिए तो वे कर्तव्य स्वार्थपरता तथा इंद्रियपरायणता को नष्ट करके आत्मा को मुक्त कर देने के लिए शक्तिशाली साधन हैं। हम अपने कर्तव्य पर जो भिनभिनाते हैं, उसका कारण यह है कि हम सब अपने को बहुत समझते हैं और अपने को बहुत योग्य समझा कहते हैं, यद्यपि हम वैसे हैं नहीं। प्रकृति ही सदैव कड़े नियम से हमारे कर्मों के अनुसार उचित कर्मफल का विधान करती है; इसमें तनिक भी हेर-फेर नहीं हो सकता और इसलिए अपनी ओर से चाहे हम किसी कर्तव्य को स्वीकार करने के लिए भले ही अनिच्छुक हों, फिर भी वास्तव में हमारे कर्मफल के अनुसार ही हमारे कर्तव्य निर्दिष्ट होंगे। स्पर्धा से ईर्ष्या उत्पन्न होती है और उससे हृदय की कोमलता नष्ट हो जाती है। असंतुष्ट तथा तकरारी पुरुष के लिए सभी कर्तव्य नीरस होते हैं। उसे तो कभी भी किसी चीज से संतोष नहीं होता और फलस्वरूप उसका जीवन दूभर हो उठना और असफल हो जाना स्वाभाविक है। हमें चाहिए कि हम काम करते रहें; जो कुछ भी हमारा कर्तव्य हो, उसे करते रहें; अपना कंधा सदैव काम से भिड़ाए रखें, तभी हमारा पथ ज्ञानालोक से आलोकित हो जाएगा।

❑

परोपकार में हमारा ही उपकार है

यह विचार करने के पहले कि कर्तव्यनिष्ठा हमें आध्यात्मिक उन्नति में किस प्रकार सहायता पहुँचाती है, मैं आप लोगों को संक्षेप में यह भी बता देना चाहता हूँ कि भारतवर्ष में जिसे हम कर्म कहते हैं, उसका एक दूसरा पहलू और कौन सा है। प्रत्येक धर्म के तीन विभाग होते हैं। प्रथम दार्शनिक, दूसरा पौराणिक और तीसरा कर्मकांड। दार्शनिक भाग तो असल में प्रत्येक धर्म का सार है। पौराणिक भाग इस दार्शनिक भाग की व्याख्या स्वरूप है; उसमें महापुरुषों की कम या अधिक काल्पनिक जीवनी तथा अलौकिक विषय-संबंधी कथाओं एवं आख्यायिकाओं द्वारा इसी दर्शन को उत्तम रूप से समझाने की चेष्टा की गई है। कर्मकांड इस दर्शन का ही और भी स्थूल रूप है, जिससे वह सर्वसाधारण की समझ में आ सके। वास्तव में अनुशन दर्शन का ही एक स्थूलतर रूप है। यह अनुष्ठान ही कर्म है। प्रत्येक धर्म में इसकी आवश्यकता है, क्योंकि जब तक हम आध्यात्मिक जीवन में बहुत उन्नत न हो जाएँ, तब तक सूक्ष्म आध्यात्मिक तत्त्व को समझ ही नहीं सकते। मनुष्य को अपने तईं यह मान लेना सरल है कि वह कोई भी बात समझ सकता है। परंतु जब वह उसे अमल में लाने की चेष्टा करता है, तो उसे मालूम होता है कि सूक्ष्म भावों को ठीक-ठीक समझना तथा उन्हें हृदयंगम करना बड़ा ही कठिन है। इसीलिए तो प्रतीक विशेष रूप

से सहायक होते हैं। प्रतीक द्वारा सूक्ष्म विषयों को समझने की जो प्रणाली है, उसे हम किसी प्रकार त्याग नहीं सकते। अत्यंत प्राचीन समय से ही प्रतीकों का प्रयोग प्रत्येक धर्म में होता रहा है। एक दृष्टि से यदि कहा जाए कि हम प्रतीक के बिना किसी बात को सोच ही नहीं सकते, तो ठीक ही है। शब्द भी तो हमारे विचार के प्रतीक ही हैं।

दूसरी दृष्टि से कहा जा सकता है कि संसार की प्रत्येक चीज प्रतीक के रूप में देखी जा सकती है। सारा संसार ही प्रतीक है और उसके पीछे मूल तत्त्व रूप में ईश्वर विराजमान हैं। इस प्रकार का प्रतीक केवल मनुष्य द्वारा उत्पन्न किया हुआ ही नहीं है। और न ऐसी ही बात है कि एक धर्म के कुछ अनुयायी एक साथ बैठ गए, और बस उन्होंने कुछ प्रतीकों की कल्पना कर डाली। धर्म के प्रतीक की उत्पत्ति स्वाभाविक रूप से होती है। नहीं तो ऐसा क्यों है कि प्राय: सभी मनुष्यों के मन में कुछ विशेष प्रतीक कुछ विशिष्ट भावों से सदा संबद्ध रहते हैं? कुछ प्रतीक तो सभी जगह पाए जाते हैं। तुम में से अनेकों की यह धारणा है कि क्रॉस का चिह्न सर्वप्रथम ईसाई धर्म के साथ प्रचलित हुआ, परंतु वास्तव में तो वह ईसाई धर्म के बहुत पहले से, मूसा के भी जन्म के पहले, वेदों के आविर्भाव के भी पहले यहाँ तक कि मानवी कार्यकलापों का किसी प्रकार का इतिहास लिपिबद्ध होने के भी पहले से विद्यमान है। ऐझूटिक्स तथा फिनिशिंस जातियों में भी इसकी मौजूदगी का प्रमाण मिलता है; प्राय: प्रत्येक जाति में इसका अस्तित्व था। इतना ही नहीं बल्कि ऐसा भी प्रतीत होता है कि क्रॉस पर लटके हुए महापुरुष का प्रतीक लगभग प्रत्येक जाति में प्रचलित था।

इसी प्रकार सारे संसार में वृत्त भी एक उत्कृष्ट प्रतीक माना गया है। फिर इसके अतिरिक्त सारे संसार में सबसे अधिक प्रचलित स्वस्तिक (卐) भी एक प्रतीक रहा है। एक समय ऐसी धारणा थी कि बौद्ध इसे अपने साथ-साथ सारे संसार में ले गए; परंतु पता चलता है कि बौद्ध धर्म के

सदियों पहले कई जातियों में इसका प्रचार था। प्राचीन बैबिलोन तथा मिस्र देश में भी यह पाया जाता था। इस सबसे क्या प्रकट होता है ? यही कि ये सब प्रतीक केवल काल्पनिक या स्वेच्छाकृत ही नहीं थे। इनका कोई-न-कोई विशेष कारण अवश्य रहा होगा, उनमें तथा मानवी मन में कोई स्वाभाविक संबंध रहा होगा। इसी प्रकार भाषा भी कोई कृत्रिम वस्तु नहीं है। ऐसी बात नहीं कि कुछ लोगों ने एक साथ बैठकर यह तय कर लिया कि कुछ विशेष भाव कुछ विशेष शब्दों द्वारा प्रकट किए जाएँ और बस भाषा की उत्पत्ति हो गई। नहीं, भाषा की उत्पत्ति इस प्रकार नहीं हुई। कोई भी भाव अपने आनुषंगिक शब्द बिना नहीं रह सकता, और न कोई शब्द ही अपने आनुषंगिक भाव बिना रह सकता है। शब्द और भाव स्वभावत: अविच्छेद्य हैं।

भावों को प्रकट करने के लिए शब्दप्रतीक अथवा वर्णप्रतीक किसी का भी व्यवहार किया जा सकता है। फूर्ये और बहरों को शब्दप्रतीक किसी प्रकार की सहायता नहीं पहुँचा सकता, उन्हें किसी दूसरे प्रतीक की सहायता लेनी पड़ती है। मन में उठनेवाले प्रत्येक विचार का एक दूसरा अंश भी होता है, और वह है 'आकृति'। इसे संस्कृत दर्शन में 'नामरूप' कहते हैं। जिस प्रकार कृत्रिम उपाय द्वारा एक भाषा नहीं उत्पन्न की जा सकती, उसी प्रकार कृत्रिम उपायों से प्रतीक का निर्माण भी नहीं किया जा सकता। संसार में कर्मकांड के सहकारी जो-जो प्रतीक हैं, वे मानवजाति के धार्मिक विचारों के एक-एक बाह्य रूप हैं। यह कह देना बहुत सरल है कि अनुष्ठानों, मंदिरों तथा अन्य बाह्य आडंबरों की कोई आवश्यकता नहीं, और यह बात तो कल का एक छोकरा भी कहा करता है। परंतु सरलतापूर्वक यह कोई भी देख सकता है कि जो लोग मंदिर में जाकर पूजा करते हैं, वे उन लोगों की अपेक्षा, जो ऐसा नहीं करते, कई बातों में कहीं भिन्न होते हैं। भिन्न-भिन्न धर्मों के साथ जो विशिष्ट मंदिर, अनुष्ठान और अन्य स्थूल क्रियाकलाप जुड़े हुए हैं, वे उन-उन धर्मावलंबियों के मन में उन सब भावों को जाग्रत् कर देते हैं, जिनके कि ये मंदिर-

अनुष्ठानादि स्थूल प्रतीक स्वरूप हैं। अतएव अनुष्ठानों एवं प्रतीकों को एकदम उड़ा देना उचित नहीं। इन सब विषयों का अध्ययन एवं अभ्यास स्वभावत: कर्मयोग का ही एक अंग है।

इस कर्मयोग के और भी कई पहलू हैं। इनमें से एक है—'भाव' तथा 'शब्द' के संबंध को जानना एवं यह भी ज्ञान प्राप्त करना कि शब्दशक्ति से क्या-क्या हो सकता है। प्रत्येक धर्म शब्द की शक्ति को मानता है; यहाँ तक कि किसी-किसी धर्म की तो यह धारणा है कि समस्त सृष्टि 'शब्द' से ही निकली है। ईश्वर के संकल्प का बाह्य आकार शब्द है और चूँकि ईश्वर ने सृष्टि-रचना के पूर्व संकल्प एवं इच्छा की थी, इसलिए सृष्टि 'शब्द' से ही निकली है। इस जड़वादमय जीवन के कोलाहल में हमारे स्नायुओं में भी जड़ता आ गई है। ज्यों-ज्यों हम बूढ़े होते जाते हैं और संसार की ठोकरें खाते जाते हैं, त्यों-त्यों हममें अधिकाधिक जड़ता आती जाती है, फलस्वरूप हमारे चारों ओर निरंतर हमारे ध्यान को आकर्षित करनेवाली जो सारी घटनाएँ होती रहती हैं, उनके प्रति हम उदासीन रहकर उनसे कोई शिक्षा ग्रहण नहीं कर पाते। परंतु कभी-कभी ऐसा भी अवश्य होता है कि मनुष्य का स्वाभाविक भाव प्रबल हो उठता है और हम इन साधारण सांसारिक घटनाओं का रहस्य जानने का यत्न करने लगते हैं तथा उन पर आश्चर्यचकित हो जाते हैं। इस प्रकार आश्चर्यचकित होना ही ज्ञानलाभ की पहली सीढ़ी है।

शब्द के उच्च दार्शनिक तथा धार्मिक महत्त्व को छोड़ देने पर भी हम देखते हैं कि हमारे इस जीवननाटक में शब्दप्रतीक का विशेष स्थान है। मैं तुमसे बातचीत कर रहा हूँ, तुम्हें स्पर्श नहीं कर रहा हूँ। पर मेरे शब्द द्वारा उत्पन्न वायु के स्पंदन तुम्हारे कान में जाकर तुम्हारे कर्म-स्नायुओं को स्पर्श करते हैं और उससे तुम्हारे मन में असर पैदा होता है। इसे तुम रोक नहीं सकते। भला सोचो तो, इससे अधिक आश्चर्यजनक बात और क्या हो सकती है? एक मनुष्य दूसरे को 'बेवकूफ' कह देता है और बस

इतने से ही वह दूसरा मनुष्य उठ खड़ा होता है तथा अपनी मुट्ठी बाँधकर उसकी नाक पर एक घूँसा जमा देता है। देखो तो, शब्द में कितनी शक्ति है! एक स्त्री बिलख-बिलखकर रो रही है; इतने में एक दूसरी स्त्री आ जाती है और वह उससे कुछ सांत्वना के शब्द कहती है। प्रभाव यह होता है कि वह रोती हुई स्त्री उठ बैठती है, उसका दुःख दूर हो जाता है और वह मुसकराने भी लगती है। देखो तो, शब्द में कितनी शक्ति है! उच्च दर्शन में जिस प्रकार शब्दशक्ति का परिचय मिलता है, उसी प्रकार साधारण जीवन में भी। इस शक्ति के संबंध में विशेष विचार और अनुसंधान न करते हुए भी हम रात-दिन इस शक्ति को उपयोग में ला रहे हैं। इस शक्ति के स्वरूप को जानना तथा इसका उत्तम रूप से उपयोग करना भी कर्मयोग का एक अंग है।

दूसरों के प्रति हमारे कर्तव्य का अर्थ है—दूसरों की सहायता करना, संसार का भला करना। अब प्रश्न उठता है कि हम संसार का भला क्यों करे? वास्तव में बात यह है कि ऊपर से तो हम संसार का उपकार करते हैं, परंतु असल में हम अपना ही उपकार करते हैं। हमें सदैव संसार का उपकार करने की चेष्टा करनी चाहिए, और कार्य करने में यही हमारा सर्वोच्च उद्देश्य होना चाहिए। परंतु यदि ध्यानपूर्वक देखा जाए, तो प्रतीत होगा कि इस संसार को हमारी सहायता की बिलकुल आवश्यकता नहीं। यह संसार इसलिए नहीं बना कि हम अथवा तुम आकर इसकी सहायता करें। एक बार मैंने एक उपदेश पढ़ा था, वह इस प्रकार था—'यह सुंदर संसार बड़ा अच्छा है, क्योंकि इसमें हमें दूसरों की सहायता करने के लिए समय तथा अवसर मिलता है।' ऊपर से तो यह भाव सचमुच सुंदर है, परंतु यह कहना कि संसार को हमारी सहायता की आवश्यकता है, क्या घोर ईश्वर-निंदा नहीं है? यह सच है कि संसार में दुःख-कष्ट बहुत हैं, और इसलिए लोगों की सहायता करना हमारे लिए सर्वश्रेष्ठ कार्य है; परंतु आगे चलकर हम देखेंगे कि दूसरों की सहायता करने का अर्थ है अपनी ही सहायता करना।

मुझे स्मरण है, एक बार जब मैं छोटा था, तो मेरे पास कुछ सफेद चूहे थे। वे चूहे एक छोटे से संदूक में रखे गए थे और उस संदूक के भीतर उनके लिए छोटे-छोटे चक्के बना दिए गए थे। जब चूहे उन चक्कों को पार करना चाहते, तो वे चक्के वहीं के वहीं घूमते रहते, और वे बेचारे चूहे कभी भी बाहर नहीं निकल पाते। बस यही हाल संसार का तथा संसार के प्रति हमारी सहायता का है। उपकार केवल इतना ही होता है कि हमें नैतिक शिक्षा मिलती है। संसार न तो अच्छा है, न बुरा। बात इतनी ही है कि प्रत्येक मनुष्य अपने लिए अपना-अपना संसार बना लेता है। यदि एक अंधा संसार के बारे में सोचने लगे, तो वह उसके समक्ष या तो मुलायम या कड़ा प्रतीत होगा, अथवा शीत या उष्ण, हम सुख या दुःख की समष्टि मात्र हैं; यह हमने अपने जीवन में सैकड़ों बार अनुभव किया है।

बहुधा नौजवान आशावादी होते हैं और वृद्ध निराशावादी। तरुण के सामने अभी उसका सारा जीवन पड़ा है। परंतु वृद्ध की केवल यही शिकायत रहती है कि उसका समय निकल गया; कितनी ही अपूर्ण इच्छाएँ उसके हृदय में मचलती रहती हैं, जिन्हें पूर्ण करने की शक्ति उसमें आज नहीं। परंतु हैं दोनों ही मूर्ख। हमारी मानसिक अवस्था के अनुसार ही हमें यह संसार भला या बुरा प्रतीत होता है। स्वयं यह न तो भला है, न बुरा। अग्नि स्वयं न अच्छी है, न बुरी। जब यह हमें गरम रखती है, तो हम कहते हैं, यह कितनी सुंदर है! परंतु जब इससे हमारी उँगली जल जाती है, तो इसे हम दोष देते हैं। परंतु फिर भी स्वयं न तो यह अच्छी है, न बुरी। जैसा हम इसका उपयोग करते हैं, तदनुरूप यह अच्छी या बुरी बन जाती है। यही हाल इस संसार का भी है। संसार स्वयं पूर्ण है। पूर्ण होने का अर्थ यह है कि उसमें अपने सब प्रयोजनों को पूर्ण करने की क्षमता है। हमें यह निश्चित जान लेना चाहिए कि हमारे बिना भी यह संसार बड़े मजे से चलता जाएगा; हमें उसकी सहायता करने के लिए माथापच्ची करने की आवश्यकता नहीं।

परंतु फिर भी हमें सदैव परोपकार करते ही रहना चाहिए। यदि हम सदैव यह ध्यान रखें कि दूसरों की सहायता करना एक सौभाग्य है, तो परोपकार करने की इच्छा एक सर्वोत्तम प्रेरणाशक्ति है। एक दाता के ऊँचे आसन पर खड़े होकर और अपने हाथ में दो पैसे लेकर यह मत कहो, 'ऐ भिखारी, ले, यह मैं तुझे देता हूँ।' परंतु तुम स्वयं इस बात के लिए कृतज्ञ होओ कि तुम्हें वह निर्धन व्यक्ति मिला, जिसे दान देकर तुमने अपना उपकार किया। पानेवाला धन्य नहीं होता, देनेवाला होता है। बात के लिए कृतज्ञ होओ कि इस संसार में तुम्हें अपनी दयालुता का कार्य करने और इस प्रकार पवित्र एवं पूर्ण होने का अवसर प्राप्त हुआ। समस्त भले कार्य हमें शुद्ध बनने तथा पूर्ण होने में सहायता करते हैं। और पूछो तो हम अधिक-से-अधिक कर ही कितना सकते हैं? या तो एक अस्पताल बनवा देते हैं, सड़कें बनवा देते हैं या सदावर्त खुलवा देते हैं, बस इतना ही तो? हम गरीबों के लिए एक कोष खोल देते हैं, दस-बीस लाख रुपए इकट्ठा कर लेते हैं। उसमें से पाँच लाख का एक अस्पताल बनवा देते हैं, पाँच लाख नाच-तमाशे में फूँक देते हैं और शेष का आधा कर्मचारी लूट लेते हैं; बाकी जो बचता है, वह किसी तरह गरीबों तक पहुँचता है! परंतु उतने से हुआ क्या?

आँधी का एक झोंका तो तुम्हारी इन सारी इमारतों को पाँच मिनट में नष्ट कर दे सकता है, फिर तुम क्या करोगे? एक भूकंप तो तुम्हारी तमाम सड़कों, अस्पतालों, नगरों और इमारतों को धूल में मिला दे सकता है। अतएव इस प्रकार की संसार की सहायता करने की खोखली बातों को हमें छोड़ देना चाहिए। यह संसार न तो तुम्हारी सहायता का भूखा है और न मेरी। परंतु फिर भी हमें निरंतर कार्य करते रहना चाहिए, निरंतर परोपकार करते रहना चाहिए। क्यों? इसलिए कि इससे हमारा ही भला है। यही एक साधन है, जिससे हम पूर्ण बन सकते हैं। यदि हमने किसी भिखारी को कुछ दिया हो, तो वास्तव में उसके ऊपर हमारा कुछ नहीं

आता, हमारे ऊपर ही उसका आता है, हम पर उसका आभार है, क्योंकि उसने हमें इस बात का अवसर दिया कि हम अपनी दया उस पर काम में ला सके। यह सोचना निरी भूल है कि हमने संसार का भला किया, अथवा कर सकते हैं, या यह कि हमने अमुक-अमुक व्यक्तियों की सहायता की। यह निरी मूर्खता का विचार है; और मूर्खता के विचारों से दुःख उत्पन्न होता है।

हम कभी-कभी सोचते हैं कि हमने अमुक मनुष्य की सहायता की, इसलिए आशा करते हैं कि वह हमें धन्यवाद दे; पर जब वह हमें धन्यवाद नहीं देता, तो उससे हमें दुःख होता है। हम जो कुछ करें, उसके बदले में किसी भी बात की आशा क्यों रखें? बल्कि उलटे हमें उसी मनुष्य के प्रति कृतज्ञ होना चाहिए, जिसकी हम सहायता करते हैं, उसे साक्षात् नारायण मानना चाहिए। मनुष्य की सहायता द्वारा ईश्वर की उपासना करना क्या हमारा परम सौभाग्य नहीं है? यदि हम वास्तव में अनासक्त हैं, तो हमें यह वृथा प्रत्याशा-जनित कष्ट क्यों होना चाहिए? अनासक्त होने पर तो हम प्रसन्नतापूर्वक संसार में भलाई कर सकते हैं। अनासक्ति से किए हुए कार्य से कभी भी दुःख अथवा अशांति नहीं आएगी।

वैसे तो संसार में अनंत काल तक सुख-दुःख का चक्र चलता ही रहेगा, फिर हम इसकी सहायता के लिए कुछ करें या न करें, उससे कुछ बनने बिगड़ने का नहीं। दृष्टांत-स्वरूप एक कहानी सुनो—

एक गरीब आदमी को कुछ रुपयों की जरूरत पड़ी। उसे कहीं से यह मालूम हो गया कि यदि वह किसी भूत को अपने वश में कर ले, तो वह उससे जो चाहे मँगवा सकता है। निदान—उसे एक भूत ढूँढ़ने की सूझी। वह किसी ऐसे आदमी को ढूँढ़ने लगा, जिससे उसे एक भूत मिल जाए। ढूँढ़ते-ढूँढ़ते उसे एक साधु मिले। इन साधु के पास बड़ी शक्तियाँ थीं और उसने उनसे सहायता की याचना की। साधु ने उससे पूछा, 'तुम भूत का क्या करोगे?' उसने उत्तर दिया, 'महाराज, मैं भूत इसलिए चाहता

हूँ कि वह मेरा काम कर दे। कृपा कर मुझे उसको प्राप्त करने का ढंग बता दीजिए। मुझे उसकी बड़ी जरूरत है।' साधु बोले, 'देखो, तुम इस झमेले में मत पड़ो, अपने घर लौट जाओ।' दूसरे दिन वह आदमी फिर साधु के पास गया और बहुत रोने-गाने लगा। उसने कहा, 'महाराज, मुझे एक भूत दे ही दीजिए न। मुझे बड़ी आवश्यकता है।' अंत में साधु कुछ चिढ़-से गए और उन्होंने कहा, 'अच्छा, लो, यह मंत्र लो, इसका जप करने से एक भूत प्रकट होगा और फिर उससे तुम जो काम कहोगे, वही करेगा; परंतु देखो, होशियार रहना। ये बड़े भयंकर प्राणी होते हैं। उसे निरंतर काम में लगाए रखना। यदि कभी वह खाली रहा, तो तुम्हारी जान ही ले लेगा।' तब उस मनुष्य ने कहा, 'यह कौन कठिन बात है ? मैं तो उसे इतना काम दे दूँगा कि उसके जीवन भर खत्म न हो।'

इसके बाद वह आदमी एक वन में चला गया और मंत्र का जप करने लगा। कुछ देर तक जप करने के बाद उसके सामने विकराल दाँतोंवाला एक बड़ा भयंकर भूत प्रकट हुआ। भूत ने कहा, 'देखो, मैं भूत हूँ। तुम्हारे मंत्र ने मुझे जीत लिया है। परंतु देखो, तुम्हें मुझको निरंतर काम में लगाए रखना होगा, क्योंकि ज्योंही मुझे थोड़ा सा भी अवकाश मिला कि मैं तुम्हारी जान ले लूँगा।' आदमी बोला, 'ठीक है, जाओ, मेरे लिए एक महल तैयार करो।' भूत ने जवाब दिया, 'लो, हो गया महल तैयार।' आदमी ने कहा, 'जाओ, मेरे लिए धन ले आओ।' भूत बोला, 'लो, धन भी तैयार है।' फिर आदमी ने कहा, 'यह जंगल काट डालो और यहाँ एक शहर बसा दो।' भूत बोला, 'लो, यह भी हो गया। अब और क्या करूँ बतलाओ ?' अब तो वह आदमी बड़ा घबड़ाने लगा; उसने मन में सोचा, अब तो मेरे पास कोई काम नहीं है, जो मैं इसे करने को कहूँ। यह तो प्रत्येक काम क्षण भर में ही कर डालता है। भूत इधर गरजकर बोला, 'देखो, मुझे जल्दी कुछ काम करने को दो, नहीं तो मैं तुम्हें खा जाऊँगा।' बेचारा आदमी अब कोई काम सोच ही न सका और मारे भय के थर-थर

काँपने लगा। अब तो वह बेतहाशा भागा और भागते-भागते उन्हीं साधु के पास पहुँचा और वहाँ जाकर गिड़गिड़ाने लगा, 'महाराज, रक्षा कीजिए, रक्षा कीजिए, मेरी जान बचाइए।' साधु ने पूछा, 'कहो, क्या हुआ?' मनुष्य ने उत्तर दिया, 'अब मैं क्या करूँ? अब तो मेरे पास उस भूत को देने के लिए कोई भी काम शेष नहीं है। मैं उससे जो कुछ भी करने को कहता हूँ, वह क्षण भर में कर डालता है, और जब उसके पास कोई काम नहीं रह जाता, तो मुझे खा डालने की धमकी देता है।' इतने में ही वह भूत वहाँ आ पहुँचा और कहने लगा, 'अब तो मैं तुम्हें खा जाऊँगा।' और सचमुच वह उसे खा जाता!

आदमी मारे डर के काँपने लगा और उसने साधु से अपने प्राणों की भिक्षा माँगी। साधु ने कहा, 'अच्छा, मैं तुम्हें रास्ता बताता हूँ।' देखो, उस कुत्ते की पूँछ टेढ़ी है, अपनी तलवार निकालो और यह पूँछ काटकर इस भूत को दे दो और उससे कहो कि इसे सीधी कर दे। आदमी ने झट से कुत्ते की पूँछ काट ली और उसे भूत को देकर कहा, 'लो, इसे सीधी करके मुझे दो।' भूत ने पूँछ ले ली और वह बड़ी सावधानी से सीधी की, पर ज्यों ही उसने उसको सीधी करके छोड़ दिया, त्यों ही वह फिर से टेढ़ी हो गई। भूत ने दुबारा कोशिश की, परंतु ज्यों ही उसने छोड़ दी, त्यों ही वह फिर टेढ़ी हो गई। उसने तीसरी बार फिर प्रयत्न किया, परंतु वह फिर टेढ़ी की टेढ़ी हो गई। इस प्रकार वह कई दिनों तक प्रयत्न करता रहा, यहाँ तक कि वह थक गया और बोला, 'मुझे ऐसा कष्ट तो अपने जीवन में कभी नहीं हुआ। मैं एक बड़ा पुराना भूत हूँ, ऐसी मुसीबत में मैं कभी नहीं पड़ा।' अब तो वह भूत उस आदमी से कहने लगा, 'आओ भाई, हम-तुम समझौता कर लें। तुम मुझे छोड़ दो, और मैंने अब तक तुम्हें जो कुछ दिया है, वह सब अपने पास ही रखे रहो। मैं वादा करता हूँ, अब आगे तुम्हें किसी प्रकार का कष्ट न दूँगा।' यह सुन वह आदमी बड़ा खुश हुआ और बड़ी

प्रसन्नतापूर्वक उसने इस समझौते को स्वीकार कर लिया।

हमारा यह संसार भी बस कुत्ते की टेढ़ी पूँछ के ही समान है; सैकड़ों वर्ष से लोग इसे सीधा करने का प्रयत्न कर रहे हैं, परंतु ज्यों ही वे इसे छोड़ देते हैं, त्यों ही यह फिर से टेढ़ा का टेढ़ा हो जाता है। इसके अतिरिक्त और क्या हो सकता है ? मनुष्य पहले यह जान ले कि आसक्ति रहित होकर उसे किस प्रकार कर्म करना चाहिए, तभी वह दुराग्रह और मतांधता से परे हो सकता है। जब हमें यह ज्ञान हो जाएगा कि संसार कुत्ते की टेढ़ी दुम की तरह है और कभी भी सीधा नहीं हो सकता, तब हम दुराग्रही नहीं होंगे। यदि संसार में यह दुराग्रह, यह कट्टरता न होती, तो अब तक यह बहुत उन्नति कर लेता। यह सोचना भूल है कि धर्मांधता द्वारा मानवजाति की उन्नति हो सकती है। बल्कि उलटे यह तो हमें पीछे हटानेवाली शक्ति है, जिससे घृणा और क्रोध उत्पन्न होकर मनुष्य एक-दूसरे से लड़ने-भिड़ने लगते हैं और सहानुभूति-शून्य हो जाते हैं। हम सोचते हैं कि जो कुछ हमारे पास है अथवा जो कुछ हम करते हैं, वही संसार में सर्वश्रेष्ठ है, और जो कुछ हम नहीं करते अथवा जो कुछ हमारे पास नहीं है, वह एक कौड़ी मूल्य का भी नहीं। अतएव जब कभी तुममें दुराग्रह का यह भाव आए, तो सदैव कुत्ते की टेढ़ी पूँछ का दृष्टांत स्मरण कर लिया करो। तुम्हें अपने-आपको संसार के बारे में चिंतत बना लेने की कोई आवश्यकता नहीं, तुम्हारी सहायता के बिना भी यह चलता ही रहेगा। जब तुम दुराग्रह और मतांधता से परे हो जाओगे, तभी तुम अच्छी तरह कार्य कर सकोगे। जो ठंडे मस्तिष्कवाला और शांत है, जो उत्तम ढंग से विचार करके कार्य करता है, जिसके स्नायु सहज ही उत्तेजित नहीं हो उठते तथा जो अत्यंत प्रेम और सहानुभूति-संपन्न हैं, केवल वही व्यक्ति संसार में महान् कार्य कर सकता है और इस तरह उससे अपना भी कल्याण कर सकता है। दुराग्रही व्यक्ति मूर्ख और सहानुभूतिशून्य होता है। वह न तो कभी संसार को सीधा कर सकता है और न स्वयं ही शुद्ध एवं पूर्ण हो सकता है।

आज के व्याख्यान का सारांश यह है। सर्वप्रथम हमें यह ध्यान में रखना चाहिए कि हम ही संसार के ऋणी हैं, संसार हमारा ऋणी नहीं। यह तो हमारा सौभाग्य है कि हमें संसार में कुछ कार्य करने का अवसर मिलता है। संसार की सहायता करने से हम वास्तव में स्वयं का ही कल्याण करते हैं। दूसरी बात यह है कि इस विश्व के एक ईश्वर हैं। यह बात सच नहीं कि यह संसार पिछड़ रहा है और इसे तुम्हारी अथवा मेरी सहायता की आवश्यकता है। ईश्वर सर्वत्र विराजमान है। वे अविनाशी, सतत क्रियाशील और जाग्रत् हैं। जब सारा विश्व सोता है, तब भी वे जागते रहते हैं। वे निरंतर कार्य में लगे हुए हैं। संसार के समस्त परिवर्तन और विकास उन्हीं के कार्य हैं। तीसरी बात यह है कि हमें किसी से घृणा नहीं करनी चाहिए। यह संसार सदैव ही अच्छे और बुरे का मिश्रणस्वरूप रहेगा। हमारा कर्तव्य है कि हम दुर्बल के प्रति सहानुभूति रखें और एक अन्यायी के प्रति भी प्रेम रखें। यह संसार तो चरित्रगठन के लिए एक विशाल व्यायामशाला है। इसमें हम सभी को अभ्यासरूप कसरत करनी पड़ती है, जिससे हम आध्यात्मिक बल से अधिकाधिक बलवान बनते रहें। चौथी बात यह है कि हममें किसी प्रकार का भी दुराग्रह नहीं होना चाहिए, क्योंकि दुराग्रह प्रेम का विरोधी है। बहुधा दुराग्रहियों को तुम यह गाल बजाते सुनोगे, हमें पापी से घृणा नहीं है, हमें तो घृणा पाप से है। परंतु यदि कोई मुझे एक ऐसा मनुष्य दिखा दे, जो सचमुच पाप और पापी में भेद कर सकता है, तो ऐसे मनुष्य को देखने के लिए मैं कितनी भी दूर जाने को तैयार हूँ। मुख से ऐसा कहना सरल है। यदि हम द्रव्य और उसके गुण में भलीभाँति भेद कर सकें, तो हम पूर्ण हो जाएँ। पर इसे अमल में लाना इतना सरल नहीं। हम जितने ही शांतचित्त होंगे और हमारे स्नायु जितने शांत रहेंगे हम उतने ही अधिक प्रेमसंपन्न होंगे और हमारा कार्य भी उतना ही अधिक श्रेष्ठ होगा।

❑

अनासक्ति ही पूर्ण आत्मत्याग है

जिस प्रकार हमारे शरीर, मन और वचन द्वारा किया हुआ प्रत्येक कार्य हमारे पास फल के रूप में फिर से वापस आ जाता है, उसी प्रकार हमारे कार्य दूसरे व्यक्तियों पर तथा उनके कार्य हमारे ऊपर अपना प्रभाव डाल सकते हैं। शायद तुम सभी ने देखा होगा कि जब मनुष्य कोई बुरे कार्य करता है, तो क्रमशः वह अधिकाधिक बुरा बनता जाता है, और इसी प्रकार जब वह अच्छे कार्य करने लगता है, तो दिनोदिन सबल होता जाता है और उसकी प्रवृत्ति सदैव सत्कार्य करने की ओर झुकती जाती है। कर्म का प्रभाव इस प्रकार जो इतना जोर पकड़ता जाता है, उसका स्पष्टीकरण केवल एक ही प्रकार से हो सकता है, और वह यह कि एक मन दूसरे मन के ऊपर क्रिया-प्रतिक्रिया द्वारा असर डाल सकता है। इसे स्पष्ट करने के लिए हम पदार्थविज्ञान से एक दृष्टांत ले सकते हैं। जब मैं कोई कार्य करता हूँ तो कहा जा सकता है कि मेरा मन एक विशिष्ट प्रकार की कंपनावस्था में होता है; उस समय अन्य जितने मन उस प्रकार की अवस्था में होंगे, उनकी प्रवृत्ति यह होगी कि वे मेरे मन से प्रभावित हो जाएँ। यदि एक कमरे में भिन्न-भिन्न वाद्ययंत्र एक सुर में बाँध दिए जाएँ, तो आप सब ने देखा होगा कि एक को छेड़ने से अन्य सबों की भी प्रवृत्ति उसी प्रकार का सुर निकालने की होने लगती है। इसी प्रकार जो-जो मन

एक सुर में बँधे हैं, उन सब के ऊपर एक विशेष विचार का समान प्रभाव पड़ेगा। हाँ, यह सत्य है कि विचार का मन पर यह प्रभाव दूरी अथवा अन्य कारणों से न्यूनाधिक अवश्य हो जाएगा, परंतु मन पर प्रभाव होने की संभावना सदैव बनी रहेगी।

मान लो, मैं एक बुरा कार्य कर रहा हूँ। उस समय मेरे मन में एक विशेष प्रकार का कंपन होगा और संसार के अन्य सब मन, जो उसी प्रकार की स्थिति में हैं, संभवतः मेरे मन के कंपन से प्रभावित हो जाएँगे। इसी प्रकार जब मैं कोई अच्छा कार्य करता हूँ तो मेरे मन में एक-दूसरे प्रकार का कंपन होता है, और उस प्रकार के कंपनशील सारे मनों पर मेरे मन के प्रभाव पड़ने की संभावना रहती है। एक मन का दूसरे मन पर यह प्रभाव कंपन की न्यूनाधिक शक्ति के अनुसार कम या अधिक हुआ करता है। उपर्युक्त दृष्टांत को यदि हम कुछ और आगे ले जाएँ, तो कह सकते हैं कि जिस प्रकार कभी-कभी आलोक तरंगों को अपनी गंतव्य वस्तु तक पहुँचने के लिए लाखों वर्ष लग जाते हैं, उसी प्रकार विचार तरंगें भी कभी-कभी सैकड़ों वर्ष तक आकाश में भ्रमण करती रहती हैं, जब तक कि अंत में उन्हें कोई ऐसा पदार्थ नहीं मिल जाता, जिसके साथ वे एकरूप हो कार्य कर सकें। अतएव यह नितांत संभव है कि हमारा यह वायुमंडल अच्छी और बुरी दोनों प्रकार की विचार-तरंगों से व्याप्त है। प्रत्येक मस्तिष्क से निकला हुआ प्रत्येक विचार मानो इसी प्रकार भ्रमण करता रहता है, जब तक कि उसे एक योग्य आधार प्राप्त नहीं हो जाता। और जो मन इस प्रकार के विचार ग्रहण करने के लिए अपने को उन्मुक्त किए हुए है, वह तुरंत ही उन्हें अपना लेगा।

अतएव जब कोई मनुष्य कोई दुष्कर्म करता है, तो वह अपने मन को किसी एक विशिष्ट सुर में ले आता है; और उसी सुर की, जितनी भी तरंगें पहले से ही आकाश में अवस्थित हैं, वे सब उसके मन में घुस जाने की चेष्टा करती हैं। यही कारण है कि एक दुष्कर्मी साधारणतः अधिकाधिक

दुष्कर्म करता जाता है। उसके कर्म क्रमशः प्रबलतर होते जाते हैं। यही बात सत्कर्म करनेवाले के लिए भी घटती है; वह अपने को वातावरण की समस्त शुभ तरंगों को ग्रहण करने के लिए मानो खोल देता है और इस प्रकार उसके सत्कर्म अधिकाधिक शक्तिसंपन्न होते जाते हैं। अतएव हम देखते हैं कि दुष्कर्म करने में हमें दो प्रकार का भय है। पहला तो यह कि हम अपने को चारों ओर की अशुभ तरंगों के लिए खोल देते हैं; और दूसरा यह कि हम स्वयं ऐसी अशुभ तरंगों का निर्माण कर देते हैं; जिसका प्रभाव दूसरों पर पड़ता है, फिर चाहे वह सैकड़ों वर्ष बाद ही क्यों न हो। दुष्कर्म द्वारा हम केवल अपना ही नहीं वरन् दूसरों का भी अहित करते हैं, और सत्कर्म द्वारा हम अपना तथा दूसरों का भी भला करते हैं। मनुष्य की अन्य आभ्यंतरिक शक्तियों के समान ये शुभ और अशुभ शक्तियाँ भी बाहर से बल संचित करती हैं।

कर्मयोग के अनुसार, बिना फल उत्पन्न किए कोई भी कर्म नष्ट नहीं हो सकता। प्रकृति की कोई भी शक्ति उसे फल उत्पन्न करने से रोक नहीं सकती। यदि मैं कोई बुरा कर्म करूँ, तो उसका फल मुझे भोगना ही पड़ेगा; विश्व में ऐसी कोई ताकत नहीं, जो इसे रोक सके। इसी प्रकार, यदि मैं कोई सत्कार्य करूँ, तो विश्व में ऐसी कोई शक्ति नहीं, जो उसके शुभ फल को रोक सके। कारण से कार्य होता ही है; इसे कोई भी रोक नहीं सकता। अब हमारे सामने कर्मयोग के संबंध में सूक्ष्म एवं गंभीर विषय उपस्थित होता है। हमारे सत् और असत् कर्म आपस में घनिष्ठ रूप से संबद्ध हैं; इन दोनों के बीच हम निश्चित रूप से एक रेखा खींचकर यह नहीं बता सकते कि अमुक कार्य नितांत शुभ है और अमुक अशुभ।

ऐसा कोई भी कर्म नहीं है, जो एक ही समय शुभ और अशुभ दोनों फल न उत्पन्न करे। यही देखिए, मैं आप लोगों से बात कर रहा हूँ, संभवतः आपमें से कुछ लोग सोचते होंगे कि मैं एक भला कार्य कर रहा

हूँ। परंतु साथ ही साथ शायद मैं हवा में रहनेवाले असंख्य छोटे-छोटे कीटाणुओं को भी नष्ट करता जा रहा हूँ। और इस प्रकार एक दृष्टि से मैं बुरा भी कर रहा हूँ। हमारे निकट के लोगों पर, जिन्हें हम जानते हैं, यदि किसी कार्य का प्रभाव शुभ पड़ता है, तो हम उसे शुभ कार्य कहते हैं। उदाहरणार्थ, आप लोग मेरे इस व्याख्यान को अच्छा कहेंगे, परंतु वे कीटाणु ऐसा कभी न कहेंगे। कीटाणुओं को आप नहीं देख रहे हैं, पर अपने आप को देख रहे है। मेरी वकृता का जैसा प्रभाव आप पर पड़ता है, वह आप स्पष्ट देख सकते हैं, किंतु उसका प्रभाव उन कीटाणुओं पर कैसा पड़ता है, यह आप नहीं जानते। इसी प्रकार, यदि हम अपने असत् कर्मों का भी विश्लेषण करें, तो हमें ज्ञात होगा कि संभवत: उनसे भी कहीं-न-कहीं किसी-न-किसी प्रकार का शुभ फल हुआ है।—जो शुभ कर्मों में भी कुछ-न-कुछ अशुभ, तथा अशुभ कर्मों में भी कुछ-न-कुछ शुभ देखते हैं, वास्तव में उन्होंने कर्म का रहस्य समझा है।

हाँ, तो इससे हमने क्या सीखा? यही कि हम चाहे जितना भी प्रयत्न क्यों न करें, ऐसा कोई कर्म नहीं हो सकता, जो संपूर्णत: पवित्र हो अथवा संपूर्णत: अपवित्र। यहाँ पवित्रता या अपवित्रता से हमारा तात्पर्य है अहिंसा या हिंसा। बिना दूसरों को नुकसान पहुँचाए हम साँस तक नहीं ले सकते। अपने भोजन का प्रत्येक ग्रास हम किसी दूसरे के मुँह से छीनकर खाते हैं। यहाँ तक कि हमारा अस्तित्व भी दूसरे प्राणियों के जीवन को हटाकर होता है। चाहे मनुष्य हो, पशु हो अथवा कीटाणु, किसी-न-किसी को हटाकर ही हम अपना अस्तित्व स्थिर रखते हैं। ऐसी दशा में यह स्वाभाविक ही है कि कर्म द्वारा पूर्णता कभी नहीं प्राप्त हो सकती। हम भले ही अनंत काल तक कर्म करते रहें, परंतु इस जटिल संसारव्यूह से कभी छुटकारा न होगा। हम चाहे निरंतर कार्य करते रहें, परंतु इस शुभ और अशुभ कर्मफल रूपी बंधन का कहीं अंत न होगा।

दूसरी विचारणीय बात है—कर्म का उद्देश्य क्या है? हम देखते हैं

कि प्रत्येक देश के अधिकांश व्यक्तियों की यह धारणा है कि एक समय ऐसा आएगा, जब यह संसार पूर्णता को प्राप्त हो जाएगा; तब यहाँ न तो किसी प्रकार का रोग रहेगा, न शोक, न दुष्टता, न मृत्यु। वैसे तो यह एक बड़ा सुंदर विचार है और एक अज्ञानी को कार्य में प्रेरणा देने के लिए बड़ी अच्छी खुराक है; परंतु यदि हम क्षण भर भी ध्यानपूर्वक सोचें, तो हमें सहज ही ज्ञात हो जाएगा कि ऐसा कभी नहीं हो सकता। और यह हो भी कैसे सकता है, जब हम जानते हैं कि भलाई और बुराई एक ही सिक्के के चित और पट हैं ? ऐसा भी कहीं हो सकता है कि भलाई हो और उसके साथ बुराई न हो ? तब फिर पूर्णता का अर्थ क्या है ? सच पूछा जाए तो पूर्ण जीवन शब्द ही स्वविरोधात्मक है। जीवन तो हमारे एवं प्रत्येक बाह्य वस्तु के बीच एक प्रकार का निरंतर द्वंद्व सा है। प्रतिक्षण हम बाह्य प्रकृति से संघर्ष करते रहते हैं, और यदि उसमें हमारी हार हो जाए, तो हमारा जीवनदीप ही बुझ जाता है। आहार और हवा के लिए निरंतर चेष्टा का नाम ही है जीवन। यदि हमें भोजन या हवा न मिले, तो हमारी मृत्यु हो जाती है। जीवन कोई आसानी से चलनेवाली सरल चीज नहीं है, यह तो एक प्रकार का सम्मिश्रित व्यापार है। बहिर्जगत् और अंतर्जगत् का घोर द्वंद्व ही जीवन कहलाता है। इस प्रकार यह स्पष्ट है कि जब यह द्वंद्व समाप्त हो जाएगा, तो जीवन का भी अंत हो जाएगा।

उपर्युक्त आदर्श सुख की बात का अर्थ है—इस सांसारिक द्वंद्व का अंत हो जाना। परंतु तब तो जीवन का भी अंत हो जाएगा; क्योंकि द्वंद्व का अंत उसी समय होता है, जब स्वयं जीवन ही चला जाता है। हम यह देख ही चुके हैं कि संसार का उपकार करना अपना ही उपकार करना है। दूसरों के लिए किए गए कार्य का मुख्य फल है—अपनी स्वयं की आत्मशुद्धि। दूसरों के प्रति निरंतर भलाई करते रहने से हम स्वयं को भूलने का प्रयत्न करते रहते हैं। और यह आत्मविस्मृति ही एक बहुत बड़ी शिक्षा है, जो हमें जीवन में सीखनी है। मनुष्य मूर्खतावश सोचता है कि

वह अपने को सुखी बना सकता है, परंतु वर्षों के घोर संघर्ष के बाद उसकी आँखें खुलती हैं और वह यह अनुभव करता है कि वास्तविक सुख तो स्वार्थपरता को नष्ट कर देने में है, और अपने को सुखी बनानेवाला अन्य कोई नहीं, केवल वह स्वयं ही है।

परोपकार का प्रत्येक कार्य, सहानुभूति का प्रत्येक विचार, दूसरों की सहायतार्थ किया गया प्रत्येक कर्म, प्रत्येक भला कार्य हमारे क्षुद्र अहंभाव को प्रतिक्षण घटाता रहता है और हममें यह भावना उत्पन्न करता है कि हम किसी से बड़े नहीं; और इसीलिए ये सबकार्य श्रेष्ठ हैं। ज्ञानी, भक्त और कर्मी तीनों इस बात पर एकमत हैं। सर्वोच्च आदर्श है--चिरकाल के लिए संपूर्ण रूप से आत्मत्याग, जिसमें किसी प्रकार का मैं नहीं, केवल तू, ही तू है। हमारे जाने या बिना जाने, कर्मयोग हमें इसी लक्ष्य की ओर ले जाता है।

संभव है, एक धर्मप्रचारक निर्गुण की बात सुनकर चौंक उठे। उसका शायद यही दृढ़ मत हो कि ईश्वर सगुण है और वह अपने निजत्व, अपने स्वतंत्र व्यक्तित्व को इस व्यक्तित्व के बारे में उसकी धारणा चाहे जैसी भी हो, कायम रखने का इच्छुक हो; परंतु यदि उसके नीति विषयक विचार वास्तव में शुद्ध हैं, तो उनका आधार सर्वोच्च आत्मत्याग के अतिरिक्त और कुछ हो ही नहीं सकता।

यह संपूर्ण आत्मत्याग ही सारी नीति की नींव है। मनुष्य, पशु, देवता, सब के लिए यही एक मूल भाव है, जो समस्त नैतिक आदर्शों में व्याप्त है।

इस संसार में हमें कई प्रकार के मनुष्य मिलेंगे। प्रथम तो वे, जो देव-प्रकृति पुरुष कहे जा सकते हैं। वे पूर्ण आत्मत्यागी होते हैं, अपने जीवन की भी बाजी लगाकर दूसरों का भला करते हैं। ये सर्वश्रेष्ठ पुरुष हैं। यदि किसी देश में ऐसे सौ मनुष्य भी रहें, तो उस देश को फिर किसी बात की चिंता नहीं। परंतु खेद हैं, ऐसे लोग बहुत-बहुत कम हैं! दूसरे वे साधुप्रकृति मनुष्य हैं, जो दूसरों की भलाई तब तक करते हैं, जब तक

उनका स्वयं का कोई नुकसान न हो; और तीसरे वे आसुरी प्रकृति के लोग हैं, जो अपनी भलाई के लिए दूसरों का नुकसान तक करने में नहीं हिचकिचाते। एक संस्कृत कवि ने चौथी श्रेणी भी बताई है, जिसको हम कोई नाम नहीं दे सकते। वे लोग ऐसे होते हैं कि अकारण ही दूसरों का नुकसान करते रहते हैं।

जिस प्रकार सर्वोच्च स्तर पर साधु-महात्मा गण भला करने के लिए ही दूसरों का भला करते रहते हैं, उसी प्रकार सबसे निम्न स्तर पर ऐसे लोग भी हैं, जो केवल बुरा करने के लिए ही दूसरों का बुरा करते रहते हैं। ऐसा करने से उन्हें कोई लाभ नहीं होता, यह तो उनकी प्रकृति ही है। संस्कृत में दो शब्द हैं—'प्रवृत्ति' और 'निवृत्ति'। प्रवृत्ति का अर्थ है—किसी वस्तु की ओर प्रवर्तन या गमन, और निवृत्ति का अर्थ है—किसी वस्तु में निवर्तन या दूर गमन। किसी वस्तु की ओर प्रवर्तन का ही अर्थ है हमारा यह संसार—यह मैं और मेरा। इस 'मैं' को धन-संपत्ति, प्रभुत्व, नाम-यश द्वारा। सर्वदा बढ़ाने का यत्न करना, जो कुछ मिले उसी को पकड़ रखना, सारे समय सभी वस्तुओं को इस 'मैं' रूपी केंद्र में ही संगृहीत करना—इसी का नाम है प्रवृत्ति। यह प्रवृत्ति ही मनुष्यमात्र का स्वाभाविक भाव है—चहुँओर से जो कुछ मिले, लेना और सब को केंद्र में एकत्रित करते जाना। और वह केंद्र है उसका अपना मधुर अहं। जब यह वृत्ति घटने लगती है, जब निवृत्ति का उदय होता है, तभी नीति और धर्म का आरंभ होता है। प्रवृत्ति और निवृत्ति दोनों ही कर्मस्वरूप हैं। एक असत् कर्म है और दूसरा सत् निवृत्ति ही सारी नीति एवं सारे धर्म की नींव है; और इसकी पूर्णता ही संपूर्ण आत्मत्याग है, जिसके प्राप्त हो जाने पर मनुष्य दूसरों के लिए अपना शरीर, मन, यहाँ तक कि अपना सर्वस्व निछावर कर देता है। तभी मनुष्य को कर्मयोग में सिद्धि प्राप्त होती है।

सत्कार्यों का यही सर्वोच्च फल है। किसी मनुष्य ने चाहे एक भी दर्शनशास्त्र न पढ़ा हो, किसी प्रकार ईश्वर में विश्वास न किया हो और

अभी भी न करता हो, चाहे उसने अपने जीवन भर में एक बार भी प्रार्थना न की हो, परंतु केवल सत्कार्यों की शक्ति उसे यदि उस अवस्था में ले जाए, जहाँ वह दूसरों के लिए अपना जीवन और सबकुछ उत्सर्ग करने को तैयार रहे, तो हमें समझना चाहिए कि वह उसी लक्ष्य को पहुँच गया है, जहाँ एक भक्त अपनी उपासना द्वारा तथा एक ज्ञानी अपने ज्ञान द्वारा पहुँचता है। अतएव आपने देखा, ज्ञानी, कर्मी और भक्त तीनों एक ही स्थान पर पहुँचते हैं—एक ही स्थान पर आकर मिल जाते हैं; और वह स्थान है—आत्मत्याग। विभिन्न दर्शनों और धर्मों में आपस में कितना ही मतभेद क्यों न हो; जो व्यक्ति अपना जीवन दूसरों के लिए अर्पण करने को उद्यत रहता है, उसके समक्ष सभी मनुष्य ससंभ्रम उठ खड़े होते हैं—उसके सामने भक्तिभाव से माथा नवाते हैं। यहाँ किसी प्रकार के मतामत का प्रश्न नहीं है—यहाँ तक कि वे लोग भी, जो धर्मसंबंधी समस्त विचारों पर नाक-भौं सिकोड़ते हैं, जब इस प्रकार का संपूर्ण आत्मत्यागपूर्ण कोई कार्य देखते हैं, तो उसके प्रति श्रद्धासंपन्न हुए बिना नहीं रह सकते। क्या आपने यह नहीं देखा, एक कट्टर मतांध ईसाई भी जब एडविन अर्नोल्ड के 'Light of Asia'(एशिया का आलोक) नामक ग्रंथ को पढ़ता है, तो वह भी बुद्ध के प्रति किस प्रकार श्रद्धालु हो जाता है? और ये वे बुद्ध थे, जिन्होंने किसी ईश्वर का प्रचार नहीं किया, आत्मत्याग के अतिरिक्त जिन्होंने अन्य किसी भी बात का प्रचार नहीं किया। इसका कारण केवल यह है कि मतांध व्यक्ति यह नहीं जानता कि उसका स्वयं का जीवन-लक्ष्य और उन लोगों का जीवन-लक्ष्य, जिन्हें वह अपना विरोधी समझता है, बिलकुल एक ही है।

एक उपासक अपने हृदय में निरंतर ईश्वरीभाव एवं साधुभाव रखते हुए अंत में उस एक ही स्थान पर पहुँचता है और कहता है, ''प्रभो, जैसी तेरी मरजी।'' वह अपने नाम से कुछ बचा नहीं रखता। यही आत्मत्याग है। एक ज्ञानी भी अपने ज्ञान द्वारा देखता है कि उसका यह तथाकथित

भासमान अहं केवल एक भ्रम है; और इस तरह वह उसे बिना किसी हिचकिचाहट के त्याग देता है। यह भी आत्मत्याग के अतिरिक्त और कुछ नहीं है। अतएव हम देखते हैं कि कर्म, भक्ति और ज्ञान तीनों यहाँ पर आकर मिल जाते हैं। प्राचीन काल के बड़े-बड़े धर्मप्रचारकों ने जब हमें यह सिखाया था कि ईश्वर जगत् से भिन्न है, जगत् से परे है, तो असल में उसका मर्म यही था। जगत् एक चीज है और ईश्वर दूसरी; और यह भेद बिलकुल सत्य है। जगत् से उनका तात्पर्य है स्वार्थपरता। निस्स्वार्थता ही ईश्वर है। एक मनुष्य चाहे रत्नखचित सिंहासन पर आसीन हो, सोने के महल में रहता हो, परंतु यदि वह पूर्ण रूप से निस्स्वार्थ है तो वह ब्रह्म में ही स्थित है। परंतु एक दूसरा मनुष्य चाहे झोंपड़ी में ही क्यों न रहता हो, चिथड़े क्यों न पहनता हो, सर्वथा दीनहीन ही क्यों न हो, पर यदि वह स्वार्थी है, तो हम कहेंगे कि वह संसार में घोर रूप से लिप्त है।

हम कह रहे थे कि बिना कुछ बुरा किए हम न तो भला कर सकते हैं और न बिना कुछ भला किए बुरा ही। तो अब प्रश्न यह है कि यह सब जानते हुए हम कर्म करें किस प्रकार? इस समस्या की मीमांसा करने के लिए इस संसार में अनेकानेक संप्रदाय उठ खड़े हुए, जो बड़ी लापरवाही से यह प्रचार कर गए कि धीरे-धीरे आत्महत्या कर लेना ही इस संसार से निस्तार पाने का एकमात्र उपाय है। क्योंकि मनुष्य यदि जीवित रहे, तो अनेक छोटे-छोटे जंतुओं और पौधों का नाश करके अथवा अन्य किसी-न-किसी का कुछ-न-कुछ अनिष्ट करके ही तो रह सकता है। इसीलिए उनके मतानुसार इस संसार-चक्र से छूटने का एकमात्र उपाय है मृत्यु! जैनियों ने अपने सर्वोच्च आदर्श के रूप में इसी का प्रचार किया है। यह शिक्षा ऊपर से तर्कसंगत तो अवश्य प्रतीत होती है। परंतु इसकी ठीक-ठीक मीमांसा गीता में पाई जाती हैं; और वह है अनासक्ति—अपने जीवन के समस्त कार्य करते हुए भी किसी में आसक्त न होना।

यह जान लो कि संसार में होते हुए भी तुम संसार से नितांत पृथक्

हो और जहाँ जो कुछ भी तुम कर रहे हो, वह अपने लिए नहीं है। यदि कोई कार्य तुम अपने लिए करोगे, तो उसका फल तुम्हें ही भोगना पड़ेगा। यदि वह सत्कार्य है, तो तुम्हें उसका अच्छा फल मिलेगा और यदि बुरा है, तो बुरा। परंतु जो कोई भी कार्य हो, यदि तुम वह अपने लिए नहीं करते, तो उसका प्रभाव तुम पर नहीं पड़ेगा। इस भाव को स्पष्ट करने के लिए हमारे शास्त्रों में बड़े सुंदर ढंग से कहा है, यदि किसी में यह बोध रहे कि मैं इसे अपने लिए बिलकुल नहीं कर रहा हूँ, तो फिर वह चाहे समस्त संसार की ही क्यों न हत्या कर डाले अथवा स्वयं ही क्यों न हत हो जाए, पर वास्तव में वह न तो हत्या करता है और न हत ही होता है। इसीलिए कर्मयोग हमें शिक्षा देता है, 'संसार को मत छोड़ो, संसार में ही रहो, जितना चाहो सांसारिक भाव ग्रहण करो। परंतु यदि यह सब तुम्हारे ही भोग के लिए हो, तो फिर तुम्हारा कर्म करना व्यर्थ है। तुम्हारा लक्ष्य भोग नहीं होना चाहिए। पहले अहंभाव को नष्ट कर डालो, फिर समस्त संसार को आत्मस्वरूप देखो।' यही तो प्राचीन ईसाई लोग भी कहा करते थे— वृद्ध मनुष्य को नष्ट कर डालना चाहिए। इस वृद्ध मनुष्य का अर्थ है यह स्वार्थपर भाव कि यह संसार हमारे ही भोग के लिए बना है।

अत: माता-पिता अपने बच्चे को यह प्रार्थना करने की शिक्षा देते हैं, 'हे प्रभो, तूने यह सूर्य और चंद्रमा मेरे लिए ही बनाए हैं, मानो उस ईश्वर को सिवाय इसके कि वह इन बच्चों के लिए यह सब पैदा करता रहे और कोई काम नहीं था!' अपने बच्चों को ऐसी मूर्खतापूर्ण शिक्षा मत दो। फिर एक-दूसरे प्रकार के भी मूर्ख लोग हैं, जो हमें सिखाते हैं कि ये सब जानवर हमारे मारने-खाने के लिए ही बनाए गए हैं और यह सारा संसार मनुष्य के भोग के लिए है। यह सब निरी मूर्खता है। एक शेर भी कह सकता है कि मनुष्य की उत्पत्ति मेरे ही लिए हुई है और ईश्वर से प्रार्थना कर सकता है, 'हे प्रभो, मनुष्य कितना दुष्ट है कि वह अपने को मेरे सामने उपस्थित नहीं कर देता, जिससे मैं उसे खा जाऊँ। देखिए, मनुष्य

आपका नियम भंग कर रहा है। यदि संसार की उत्पत्ति हमारे लिए हुई है तो हम भी संसार के लिए ही पैदा किए गए हैं।' यह बड़ी कुत्सित धारणा है कि यह संसार हमारे भोग के लिए ही बनाया गया है, और इसी भयानक धारणा से हम बद्ध रहते हैं। वास्तव में यह संसार हमारे लिए नहीं हैं। प्रति वर्ष लाखों लोग इसमें से बाहर चले जाते हैं, परंतु उधर संसार की कोई नजर तक नहीं। लाखों फिर आ जाते हैं। संसार जैसे हमारे लिए है, वैसे ही हम भी संसार के लिए हैं।

अतएव ठीक ढंग से कर्म करने के लिए यह आवश्यक है कि पहले हम आसक्ति का भाव त्याग दें। दूसरी बात यह कि हमें अपने आपको कर्म से एक नहीं कर देना चाहिए। हम एक साक्षी के समान रहें और अपना काम करते चलें। मेरे गुरुदेव कहा करते थे, 'अपने बच्चों के प्रति वही भावना रखो, जो एक दाई की होती है। वह तुम्हारे बच्चे को गोद में लेती है, उसे खिलाती है और उसको इस प्रकार प्यार करती है, मानो वह उसी का बच्चा हो। पर ज्यों ही तुम उसे काम से अलग कर देते हो, त्यों ही वह अपना बोरिया-बिस्तर समेट तुरंत घर छोड़ने को तैयार हो जाती है। उन बच्चों के प्रति उसका जो इतना प्रेम था, उसे वह बिलकुल भूल जाती है। एक साधारण दाई को तुम्हारे बच्चों को छोड़कर दूसरे के बच्चों को लेने में तनिक भी दुःख न होगा। तुम भी अपने बच्चों के प्रति यही भाव धारण करो। तुम्हीं उनकी दाई हो—और यदि तुम्हारा ईश्वर में विश्वास है, तो विश्वास करो कि ये सब चीजें, जिन्हें तुम अपनी समझते हो, वास्तव में ईश्वर की हैं। अत्यंत कमजोरी कभी-कभी बड़ी साधुता और सबलता का रूप धारण कर लेती है। यह सोचना कि मेरे ऊपर कोई निर्भर है तथा मैं किसी का भला कर सकता हूँ—अत्यंत दुर्बलता का चिह्न है। यह अहंकार ही समस्त आसक्ति की जड़ है, और इस आसक्ति से ही समस्त दुःखों की उत्पत्ति होती है। हमें अपने मन को यह भलीभाँति समझा देना चाहिए कि इस संसार में हमारे ऊपर कोई भी निर्भर नहीं है।

एक भिखारी भी हमारे दान पर निर्भर नहीं। किसी भी जीव को हमारी दया की आवश्यकता नहीं, संसार का कोई भी प्राणी हमारी सहायता का भूखा नहीं। सब की सहायता प्रकृति से होती है। यदि हममें से लाखों लोग न भी रहें, तो भी उन्हें सहायता मिलती रहेगी। तुम्हारे-हमारे न रहने से प्रकृति के द्वार बंद न हो जाएँगे। दूसरों की सहायता करके हम जो स्वयं शिक्षा लाभ कर रहे हैं, यही तो हमारे-तुम्हारे लिए परम सौभाग्य की बात है। जीवन में सीखने योग्य यही सबसे बड़ी बात है। जब हम पूर्ण रूप से इसे सीख लेंगे, तो हम फिर कभी दुःखी न होंगे; तब हम समाज में कहीं भी जाकर उठ-बैठ सकते हैं, इससे हमारी कोई हानि न होगी।

तुम चाहे विवाहित हो, तुम्हारे दल के दल नौकर हों, बड़ा भारी राज्य हो, पर यदि तुम इस तत्त्व को हृदय में रखकर कार्य करते हो कि यह संसार मेरे भोग के लिए नहीं है और इसे मेरी सहायता की कतई आवश्यकता नहीं, तो यह सब रहने पर भी तुम्हारा कुछ न बिगड़ेगा। हो सकता है, इसी साल तुम्हारे कई मित्रों का निधन हो गया हो। तो क्या भला संसार उनके फिर वापस आने के लिए रुका हुआ है ? क्या इसकी गति शिथिल हो गई है ? नहीं, ऐसा नहीं हुआ। यह तो जारी ही है। अतएव अपने मन से यह विचार निकाल दो कि तुम्हें इस संसार के लिए कुछ करना है। संसार को तुम्हारी सहायता की तनिक भी आवश्यकता नहीं। मनुष्य का यह सोचना निरी मूर्खता है कि वह संसार की सहायता के लिए पैदा हुआ है। यह केवल अहंकार है। निरी स्वार्थपरता है, जो धर्म की आड़ में हमारे सामने आती है। जब तुम्हारे मन में इतना ही नहीं, बल्कि तुम्हारे स्नायुओं और मांसपेशियों तक में यह शिक्षा भलीभाँति भिद जाएगी कि संसार तुम्हारे अथवा अन्य किसी के ऊपर निर्भर नहीं है, तो कर्म से तुम्हें फिर किसी प्रकार की दुःख रूपी प्रतिक्रिया न होगी।

यदि तुम किसी मनुष्य को कुछ दे दो और उससे किसी प्रकार की आशा न करो, यहाँ तक कि उससे कृतज्ञता प्रकाशन की भी इच्छा न करो,

तो यदि वह मनुष्य कृतघ्न भी हो, तो भी उसकी कृतघ्नता का कोई प्रभाव तुम्हारे ऊपर न पड़ेगा, क्योंकि तुमने तो कभी किसी बात की आशा की ही नहीं थी और न यही सोचा था कि तुम्हें उससे बदले में कुछ पाने का अधिकार है। तुमने तो उसे वही दिया, जो उसे प्राप्य था। उसे वह चीज अपने कर्म से ही मिली, और अपने कर्म से ही तुम उसके दाता बने। यदि तुम किसी को कोई चीज दो, तो उसके लिए तुम्हें घमंड क्यों होना चाहिए? तुम तो केवल उस धन अथवा दान के वाहक मात्र हो, और संसार अपने कर्मों द्वारा उसे पाने का अधिकारी है। फिर तुम्हें अभिमान क्यों होना चाहिए? जो कुछ तुम संसार को देते हो, वह आखिर है ही कितना? जब तुममें अनासक्ति का भाव आ जाएगा, तब फिर तुम्हारे लिए न तो कुछ अच्छा रह जाएगा, न बुरा। वह तो केवल स्वार्थपरता ही है, जिसके कारण तुम्हें अच्छाई या बुराई दिख रही है। यह समझना बहुत कठिन है, परंतु धीरे-धीरे समझ सकोगे कि संसार की कोई भी वस्तु तुम्हारे ऊपर तब तक अपना प्रभाव नहीं डाल सकती, जब तक कि तुम स्वयं ही उसे अपना प्रभाव डालने दो। मनुष्य की आत्मा के ऊपर किसी शक्ति का प्रभाव नहीं पड़ सकता, जब तक कि वह मनुष्य स्वयं अपने को गिराकर मूर्ख न बना ले तथा उस शक्ति के वश में न हो जाए।

अतएव अनासक्ति के द्वारा तुम किसी भी प्रकार की शक्ति पर विजय प्राप्त कर सकते हो और उसे अपने ऊपर प्रभाव डालने से रोक सकते हो। यह कह देना बड़ा सरल है कि जब तक तुम किसी चीज को अपने ऊपर प्रभाव न डालने दो, तब तक वह तुम्हारा कुछ नहीं कर सकती। परंतु जो सचमुच अपने ऊपर किसी का प्रभाव नहीं पड़ने देता तथा बहिर्जगत् के प्रभावों से जो न सुखी होता है, न दुःखी, उसका लक्षण क्या है? वह लक्षण यह है कि सुख अथवा दुःख में उस मनुष्य का मन सदा एक-सा रहता है, सभी अवस्थाओं में उसकी मनोदशा समान रहती है।

भारतवर्ष में एक महापुरुष हो गए हैं। इनका नाम व्यास था। ये बहुत

बड़े ऋषि थे और वेदांतसूत्र के प्रणेता के नाम से प्रसिद्ध हैं। इनके पिता ने पूर्णत्व प्राप्त करने का बहुत यत्न किया था, परंतु वे असफल रहे। उनके पितामह तथा प्रपितामह ने भी पूर्णत्व प्राप्ति के लिए बहुत चेष्टा की थी, किंतु वे भी सफल काम न हो सके थे। स्वयं व्यासदेव भी पूर्ण रूप से सफल न हो सके; परंतु उनके पुत्र शुकदेव जन्म से ही सिद्ध थे। व्यासदेव अपने पुत्र को तत्त्वज्ञान की शिक्षा देने लगे। स्वयं यथाशक्ति शिक्षा देने के बाद उन्होंने शुकदेव को राजा जनक की राजसभा में भेज दिया। जनक एक बहुत बड़े राजा थे और विदेह नाम से प्रसिद्ध थे। विदेह का अर्थ है शरीर से पृथक्। यद्यपि वे राजा थे, फिर भी उन्हें इस बात का तनिक भी भान न था कि वे एक शरीरधारी हैं। उन्हें तो सदा यही ध्यान रहता था कि वे आत्मा हैं। बालक शुक उनके पास शिक्षा ग्रहण करने के लिए भेजे गए। इधर राजा को यह मालूम था कि व्यास मुनि का पुत्र उनके पास तत्त्वज्ञान की शिक्षा प्राप्त करने आ रहा है, इसलिए उन्होंने पहले से ही कुछ प्रबंध कर रखा था। जब बालक राजमहल के द्वार पर आया, तो संतरियों ने उसकी ओर कोई विशेष ध्यान नहीं दिया। उन्होंने बस उसे बैठने के लिए एक आसन भर दे दिया। इस आसन पर वह बालक लगातार तीन दिन बैठा रहा; न तो कोई उससे कुछ बोला और न किसी ने यही पूछा कि वह कौन है और क्या चाहता है। बालक शुक इतने बड़े ऋषि के पुत्र थे, उनके पिता का देश भर में सम्मान था और वे स्वयं भी प्रतिष्ठित थे, परंतु फिर भी उन क्षुद्र संतरियों ने उन पर कोई ध्यान न दिया।

इसके बाद अचानक राजा के मंत्री तथा बड़े-बड़े राज्याधिकारी वहाँ पर आए और उन्होंने उनका अत्यंत सम्मान के साथ स्वागत किया। वे उन्हें अंदर एक सुशोभित गृह में लिवा ले गए, इत्रों से स्नान कराया, सुंदर वस्त्र पहनाए और आठ दिन तक उन्हें सब प्रकार के विलास में रखा। परंतु शुकदेव के प्रशांत चेहरे पर तनिक भी अंतर न हुआ। बालक शुक आज भी विलासों के बीच वैसे ही थे, जैसे कि उस दिन, जब वे महल के द्वार पर

बैठे हुए थे। इसके बाद उन्हें राजा के सम्मुख लाया गया। राजा सिंहासन पर बैठे थे और वहाँ नाचगान तथा अन्य आमोद-प्रमोद हो रहे थे।

राजा ने बालक शुक के हाथ में दूध से लबालब भरा हुआ एक प्याला दिया और उनसे कहा, 'इसे लेकर इस दरबार की सात बार प्रदक्षिणा कर आओ, पर देखो, एक बूँद भी दूध न गिरे।' बालक शुक ने दूध का प्याला ले लिया और संगीत की ध्वनि एवं अनेक सुंदरियों के बीच प्रदक्षिणा करने को उठे। राजा की आज्ञानुसार वे सात बार चक्कर लगा आए, परंतु दूध की एक बूँद भी न गिरी। बालक शुक का अपने मन पर ऐसा संयम था कि बिना उनकी इच्छा के संसार की कोई भी वस्तु उन्हें आकर्षित नहीं कर सकती थी। प्रदक्षिणा कर चुकने के बाद जब वे दूध का प्याला लेकर राजा के सम्मुख उपस्थित हुए, तो उन्होंने कहा, "वत्स, जो कुछ तुम्हारे पिता ने तुम्हें सिखाया है तथा जो कुछ तुमने स्वयं सीखा है, उससे अधिक मैं तुम्हें और कुछ नहीं सिखा सकता। तुमने सत्य को जान लिया है। जाओ, अपने घर वापस जाओ।"

यहाँ हमने देखा कि जिस मनुष्य ने अपने स्वयं के ऊपर अधिकार प्राप्त कर लिया है, उसके ऊपर संसार की कोई भी चीज अपना प्रभाव नहीं डाल सकती, उसके लिए किसी प्रकार का बंधन शेष नहीं रह जाता। उसका मन स्वतंत्र हो जाता है। केवल ऐसा पुरुष ही संसार में रहने योग्य है। बहुधा हम देखते हैं कि लोगों की संसार के संबंध में दो प्रकार की धारणाएँ होती हैं। कुछ लोग निराशावादी होते हैं। वे कहते हैं, "संसार कैसा भयानक है, कैसा दुष्ट है!" दूसरे लोग आशावादी होते हैं और कहते हैं, "अहा! संसार कितना सुंदर है, कितना अद्‌भुत है!"

जिन लोगों ने अपने मन पर विजय प्राप्त नहीं की है, उनके लिए यह संसार या तो बुराइयों से भरा है, या अधिक-से-अधिक अच्छाइयों और बुराइयों का एक मिश्रण है। परंतु यदि हम अपने मन पर विजय प्राप्त कर लें, तो यही संसार सुखमय हो जाता है। फिर हमारे ऊपर किसी भी बात

के अच्छे या बुरे भाव का असर न होगा, हमें कहीं भी विशृंखलता दिखाई न देगी, हमारे लिए सभी कुछ सामंजस्यपूर्ण हो जाएगा। देखा जाता है, जो लोग आरंभ में संसार को नरक-कुंड समझते हैं, वे ही यदि आत्मसंयम की साधना में सफल हो जाते हैं, तो इस संसार को ही स्वर्ग समझने लगते हैं। यदि हम सच्चे कर्मयोगी हैं और इस अवस्था को प्राप्त करने के लिए अपने को शिक्षित करना चाहते हैं, तो हम चाहे जिस अवस्था से आरंभ करें यह निश्चित है कि हमें अंत में पूर्ण आत्मत्याग का लाभ होगा ही। और ज्यों ही इस कल्पित अहं का नाश हो जाएगा, त्यों ही वही संसार, जो हमें पहले अमंगल से भरा प्रतीत होता था, अब स्वर्गस्वरूप और परमानंद से पूर्ण प्रतीत होने लगेगा। यहाँ की हवा तक बदलकर मधुमय हो जाएगी और प्रत्येक व्यक्ति भला प्रतीत होने लगेगा। यही है कर्मयोग की चरम गति, और यही है उसकी पूर्णता या सिद्धि।

हमारे भिन्न-भिन्न योग आपस में विरोधी नहीं हैं। प्रत्येक अंत में हमें एक ही स्थान में ले जाता है और पूर्णत्व की प्राप्ति करा देता है। पर हाँ, प्रत्येक का दृढ़ अभ्यास आवश्यक है। सारा रहस्य अभ्यास में ही है। पहले श्रवण करो, फिर मनन करो और फिर उसे अमल में लाओ। यह बात प्रत्येक योग के संबंध में सत्य है। पहले तुम इसके बारे में सुनो और समझो कि इसका मर्म क्या है। यदि कुछ बातें आरंभ में स्पष्ट न हों, तो निरंतर श्रवण एवं मनन से वे स्पष्ट हो जाती हैं। सब बातों को एकदम समझ लेना बड़ा कठिन है। फिर भी, उनका स्पष्टीकरण आखिर तुम्हीं में तो है। वास्तव में कभी किसी व्यक्ति ने किसी दूसरे को नहीं सिखाया। हममें से प्रत्येक को अपने आपको सिखाना होगा। बाहर के गुरु तो केवल उद्दीपक कारण मात्र हैं, जो हमारे अंतस्थ गुरु को सब विषयों का मर्म समझने के लिए उद्वोधित कर देते हैं। तब बहुत सी बातें हमारी स्वयं की विचारशक्ति से स्पष्ट हो जाती हैं और उनका अनुभव हम अपनी ही आत्मा में करने लगते हैं; और यह अनुभूति ही हमारी प्रबल इच्छाशक्ति

में परिणत हो जाती है। पहले भाव और फिर इच्छाशक्ति। इस इच्छाशक्ति से कर्म करने की वह जबरदस्त शक्ति पैदा होती है, जो हमारी प्रत्येक नस, प्रत्येक शिरा और प्रत्येक पेशी में कार्य करती रहती है, जब तक कि हमारा समस्त शरीर इस निष्काम कर्मयोग का एक यंत्र ही नहीं बन जाता। और इसके फलस्वरूप हमें अपना वांछित पूर्ण आत्मत्याग एवं परम निस्स्वार्थता प्राप्त हो जाती है। यह प्राप्ति किसी प्रकार के मतामत या विश्वास के ऊपर निर्भर नहीं है। चाहे कोई ईसाई हो, यहूदी अथवा जेंटाइल—इससे कोई अंतर नहीं पड़ता। प्रश्न तो यह है कि क्या तुम निस्स्वार्थ हो? यदि तुम हो, तो चाहे तुमने एक भी धार्मिक ग्रंथ का अध्ययन न किया हो, चाहे तुम किसी भी गिरजा या मंदिर में न गए हो, फिर भी तुम पूर्णता को प्राप्त हो जाओगे। प्रत्येक योग इसमें समर्थ है कि वह बिना किसी दूसरे योग की सहायता के भी मनुष्य पूर्ण बना दे; क्योंकि उन सब योगों का लक्ष्य एक ही है। कर्मयोग, ज्ञानयोग तथा भक्तियोग—सभी मुक्तिलाभ के लिए साक्षात् और स्वतंत्र उपाय हो सकते हैं। "सांख्य योगो पृथक् बालाः प्रवदन्ति, न पण्डिताः। केवल अज्ञ लोग ही कहते हैं कि कर्म और ज्ञान भिन्न-भिन्न हैं, ज्ञानी लोग नहीं।" ज्ञानी यह जानता है कि यद्यपि ऊपर से ये लोग एक-दूसरे से विभिन्न प्रतीत होते हैं, परंतु अंत में वे सब एक ही लक्ष्य पर ले जाते हैं, और वह लक्ष्य है पूर्णता।

❑

मुक्ति

हम पहले कह चुके हैं कि 'कर्म' शब्द 'कार्य' के अतिरिक्त कार्य-कारण भाव को भी सूचित करता है। कोई कार्य, कोई विचार, जो फल उत्पन्न करता है, 'कर्म' कहलाता है, इसलिए 'कर्मविधान' का अर्थ है कार्य-कारण संबंध का नियम; यदि कारण रहे, तो उसका फल भी अवश्य होगा। इसका व्यतिक्रम कभी नहीं हो सकता। भारतीय दर्शन के अनुसार यह 'कर्मविधान' समस्त जगत् पर लागू है। हम जो कुछ देखते हैं, अनुभव करते हैं अथवा जो कुछ कर्म करते हैं, वह एक ओर तो पूर्व कर्म का फल है और दूसरी ओर वही कारण होकर अन्य फल उत्पन्न करता है। इसके साथ ही साथ हमें यह भी समझ लेना आवश्यक है कि विधान अथवा नियम, शब्द का अर्थ क्या है। मनोविज्ञान की दृष्टि से इसका अर्थ है—घटना श्रेणियों की पुनरावर्तन की ओर प्रवृत्ति। जब हम देखते हैं कि एक घटना के बाद कोई दूसरी घटना होती है अथवा दो घटनाएँ साथ-ही-साथ होती हैं, तब हम सोचते हैं कि इस प्रकार सर्वदा ही होता रहेगा। हमारे देश के प्राचीन नैयायिक इसे व्याप्ति कहते हैं। उनके मतानुसार नियम संबंधी हमारी समस्त धारणाएँ इसी व्याप्ति के आधार पर होती हैं। अनेक प्रकार की घटना श्रेणियाँ अपरिवर्तनीय क्रम से हमारे मन में गुँथी हुई रहती हैं। यही कारण है कि कभी-कभी किसी विषय का अनुभव करते ही वह तुरंत मन के अंतर्गत अन्य कुछ बातों से

संबद्ध हो जाता है। कोई एक भाव अथवा हमारे मनोविज्ञान के अनुसार, चित्त में उत्पन्न कोई एक तरंग सदैव उसी प्रकार की अन्य तरंगों को उत्पन्न कर देती है। इसी को भावयोग विधान (Law of the Association of Ideas) कहते हैं, और 'कार्य-कारण संबंध' इसी व्याप्ति, नामक योगविधान का एक पहलू मात्र है।

अंतर्जगत् तथा बाह्य जगत् दोनों में 'नियमतत्त्व' अथवा नियम की कल्पना एक ही है, और वह है—यह आशा रखना कि एक घटना के बाद दूसरी एक विशिष्ट घटना होगी और इस क्रम-परंपरा की पुनरावृत्ति होती रहेगी। यदि ऐसा हो, तो फिर वास्तव में प्रकृति में कोई नियम नहीं है। कार्यतः यह कहना भूल होगी कि पृथ्वी में गुरुत्वाकर्षण शक्ति है अथवा पृथ्वी के किसी स्थान में कोई नियम विद्यमान है। हमारा मन जिस प्रणाली से कुछ घटना श्रेणियों की धारणा करता है, उस प्रणाली को ही हम नियम कहते हैं, और यह हमारे मन में ही स्थित है। मान लो, कुछ घटनाएँ एक के बाद दूसरी अथवा एक साथ घटीं। इससे हमारे मन में यह दृढ़ धारणा हो गई कि भविष्य में नियमित रूप से पुनः-पुनः ऐसा होगा। और इस प्रकार हमारा मन यह ग्रहण करने में समर्थ हो गया कि सारी घटना श्रेणी किस प्रकार घटित हो रही है। बस इसी को हम 'नियमन' कहते हैं।

अब प्रश्न यह है कि नियम के सर्वव्यापी होने का क्या अर्थ है। हमारा जगत् अनंत सत्ता का वह अंश है, जो हमारे देश के मनोवैज्ञानिकों के शब्दों में, 'देश-काल-निमित्त' द्वारा सीमाबद्ध है। इससे यह निश्चित है, नियम केवल इस सीमाबद्ध जगत् में ही संभव है, इसके परे कोई नियम संभव नहीं। जब कभी हम जगत् की चर्चा करते हैं, तो उससे हमारा अभिप्राय है सत्ता का केवल वही अंश, जो हमारे मन द्वारा सीमाबद्ध है। केवल इंद्रियगोचर जगत् ही, जिसे हम देख, सुन और अनुभव कर सकते, स्पर्श कर सकते हैं, जिसे विचार और कल्पना में ला सकते हैं—नियमों के आधीन है। पर इसके बाहर और कहीं नियम का प्रभाव नहीं,

क्योंकि हमारे मन और इंद्रियगोचर संसार से परे कार्य-कारण भाव की पहुँच हो सकती। जो कुछ भी हमारे मन और इंद्रियों के अतीत है, वह कार्य-कारण के नियम द्वारा बद्ध नहीं है; क्योंकि इंद्रियातीत पदार्थ में मन का संबंध योग नहीं हो सकता, और इस प्रकार के भावसंबंध या भाव-योग बिना कार्य-कारण संबंध ही नहीं हो सकता। जब यह अस्तित्व सत्ता नामरूप के बंधनों में जकड़ जाती है, तभी यह कार्य-कारण नियम के सामने सिर झुकाती है, और तब यह नियम, के आधीन कही जाती है, क्योंकि सभी नियमों का मूल है, यही कार्य-कारण संबंध।

अतएव इससे यह स्पष्ट है कि स्वाधीन इच्छा नामक कोई चीज नहीं हो सकती। स्वाधीन इच्छा यह शब्दप्रयोग ही स्वविरोधी है; क्योंकि इच्छा क्या है, हम जानते हैं; और जो कुछ हम जानते हैं; सब इस जगत् के ही अंतर्गत है तथा जो कुछ हमारे इस जगत् के अंतर्गत है, वह सभी देश-काल-निमित्त के साँचे में ढला हुआ है। अतएव, जो कुछ हम जानते हैं या संभवतः जान सकते हैं, वह सभी कुछ कार्य-कारण नियम के अधीन है; और जो कुछ कार्य-कारण नियमाधीन होता है, वह क्या कभी स्वाधीन हो सकता है? उसके ऊपर अन्यान्य वस्तुएँ अपना कार्य करती हैं, और वह स्वयं भी एक समय कारण बन जाता है। बस इसी प्रकार सब चल रहा है। परंतु जो इच्छा के रूप में परिणत हो जाता है, जो पहले इच्छा के रूप में नहीं था, परंतु बाद में देश-काल निमित्त के साँचे में पड़ने से मानवी इच्छा हो गया, वह अवश्य स्वाधीन है; और इस देश-काल निमित्त के साँचे से जब यह इच्छा मुक्त हो जाएगी, तो वह पुनः स्वतंत्र हो जाएगा। वह स्वाधीनता या मुक्तावस्था से आता है, आकर इस बंधनरूपी साँचे में पड़ जाता है और फिर उससे निकलकर पुनः स्वाधीनता को प्राप्त हो जाता है।

प्रश्न पूछा गया था कि यह जगत् कहाँ से आया है, किसमें अवस्थित है और फिर किसमें इसका लय हो जाता है? इसका उत्तर दिया गया कि मुक्तावस्था से इसकी उत्पत्ति होती है, बंधन में इसकी अवस्थिति है और

मुक्ति में ही इसका लय होता है। अतएव जब हम यह कहते हैं कि मनुष्य उसी अनंत सत्ता का प्रकाश मात्र है, तो उससे हमारा तात्पर्य यही होता है कि वह उस अनंत सत्ता का एक अत्यंत क्षुद्र अंश मात्र है। यह शरीर तथा यह मन, जो हमें दिखाई देता है, समग्र प्रकृत मनुष्य का एक अंश मात्र है—उसी अनंत पुरुष का केवल एक क्षुद्र अंश है। यह सारा ब्रह्मांड उसी अनंत पुरुष का एक अंश है। और हमारे समस्त विधान, हमारे सारे बंधन, हमारा आनंद, विषाद, सुख, हमारी आशा-आकांक्षा सभी केवल इस क्षुद्र जगत् के अंतर्गत हैं। हमारी उन्नति-अवनति सभी इस क्षुद्र जगत् के अंतर्गत हैं। अतएव आपने देखा, इस जगत् के इस मनःकल्पित जगत् के चिरकाल तक रहने की आशा करना और स्वर्ग जाने की अभिलाषा करना कैसी नासमझी है! स्वर्ग और है क्या? हमारे इस जगत् की पुनरावृत्ति ही तो! आप यह स्पष्ट देख सकते हैं कि इस अखिल अनंत सत्ता को अपने इस सांत जगत् के समान कर लेने की इच्छा करना कैसी नासमझी की बात है, कैसा असंभव व्यापार है!

अतएव यदि कोई मनुष्य यह कहे कि जिस भाव में वह अभी है, उसी में चिरकाल तक रहेगा, जो कुछ अभी उसके पास है, उसे ही लेकर सदा के लिए विद्यमान रहेगा, अथवा जैसा कि मैं कभी-कभी कहा करता हूँ, यदि वह आरामपूर्ण धर्म की इच्छा करे, तो तुम यह निश्चय जान लो कि वह इतना गिर चुका है कि वह अपनी वर्तमान अवस्था से अधिक उच्च और कुछ सोच ही नहीं सकता—अपनी क्षुद्र वर्तमान परिस्थिति के अतिरिक्त अन्य किसी परिस्थिति की धारणा तक नहीं कर सकता। वह अपने अनंत स्वरूप को भूल चुका है, और उसकी सारी भावनाएँ क्षुद्र सुख, दुःख और ईर्ष्या आदि ही में आबद्ध हैं। इस सांत जगत् को ही वह अनंत मान लेता है; केवल इतना ही नहीं, वह इस अज्ञान को किसी भी हालत में छोड़ना नहीं चाहता। एक जोक के समान वह इस जीवन से चिपका रहता है। प्राण भले ही जाएँ, पर वह यह तृष्णा कभी न छोड़ेगा!

हमारे इस छोटे से ज्ञात-संसार के बाहर कौन जाने और भी कितने असंख्य प्रकार के सुख-दुःख, जीव-जंतु, विधि-विधान, उन्नति के नियम और कार्य-कारण संबंध विद्यमान हैं। पर उससे क्या? आखिर वे सब भी तो हमारी अनंत प्रकृति के केवल एक भाग मात्र ही हैं।

मुक्तिलाभ करने के लिए हमें इस ससीम विश्व के परे जाना होगा; मुक्ति यहाँ प्राप्त नहीं हो सकती। पूर्ण साम्यावस्था का लाभ, अथवा ईसाई लोग जिसे 'बुद्धि से अतीत शांति' कहते हैं, उसकी प्राप्ति इस जगत् में नहीं हो सकती, और न स्वर्ग में ही अथवा न किसी ऐसे स्थान में ही, जहाँ हमारे मन और विचार जा सकते हैं, जहाँ हम इंद्रियों द्वारा किसी प्रकार का अनुभव प्राप्त कर सकते हैं अथवा जहाँ हमारी कल्पनाशक्ति काम कर सकती है। इस प्रकार के किसी भी स्थान में हमें मुक्ति प्राप्त नहीं हो सकती, क्योंकि ऐसे सब स्थान निश्चय ही हमारे जगत् के अंतर्गत होंगे, और यह जगत् तो देश, काल और निमित्त के बंधनों से जकड़ा हुआ है। संभव है, कुछ ऐसे भी स्थान हों, जो हमारी इस पृथ्वी की अपेक्षा अधिक सूक्ष्म हों, जहाँ के सुखभोग यहाँ से अधिक उत्कट हों, परंतु वे स्थान भी तो हमारे विश्व के ही अंतर्गत होंगे, और इसी कारण नियमों की सीमा के भीतर भी होंगे। अतएव हमें इस विश्व के परे जाना होगा।

और वास्तव में सच्चा धर्म तो वहाँ आरंभ होता है, जहाँ इस क्षुद्र जगत् का अंत हो जाता है। वहाँ इन छोटे-छोटे सुख, दुःख और ज्ञान का अंत हो जाता है और प्रकृत धर्म आरंभ होता है। जब तक हम जीवन के प्रति इस तृष्णा को नहीं छोड़ते, इन क्षणभंगुर सांत विषयों के प्रति अपनी प्रबल आसक्ति का त्याग नहीं करते, तब तक इस जगत् से अतीत उस असीम मुक्ति की एक झलक भी पाने की आशा करना व्यर्थ है। अतएव यह नितांत युक्तियुक्त है कि मानवहृदय की समस्त उदात्त स्पृहाओं की चरम गति-मुक्ति को प्राप्त करने का केवल एक ही उपाय है, और वह है इस क्षुद्र जीवन का त्याग, इस क्षुद्र जगत् का त्याग, इस पृथ्वी का त्याग, स्वर्ग का त्याग,

शरीर का, मन का एवं सीमाबद्ध सभी वस्तुओं का त्याग। यदि हम मन एवं इंद्रियगोचर इस छोटे से जगत् से अपनी आसक्ति हटा लें, तो उसी क्षण हम मुक्त हो जाएँगे। बंधन से मुक्त होने का एकमात्र उपाय है सारे नियमों के बाहर चले जाना—कार्य-कारण शृंखला के बाहर हो जाना।

किंतु इस संसार के प्रति आसक्ति का त्याग करना बड़ा कठिन है। बहुत ही थोड़े लोग ऐसा कर पाते हैं। हमारे शास्त्रों में इसके लिए दो मार्ग बताए गए हैं। एक 'नेति नेति' (यह नहीं, यह नहीं) कहलाता है और दूसरा 'इति, इति'। पहला मार्ग निवृत्ति का है, जिसमें 'नेति, नेति' करते हुए सर्वस्व का त्याग करना पड़ता है और दूसरा है प्रवृत्ति का, जिसमें 'इति, इति' करते हुए सब वस्तुओं का भोग करके फिर उनका त्याग किया जाता है। निवृत्ति मार्ग अत्यंत कठिन है, यह केवल प्रबल इच्छाशक्ति संपन्न तथा विशेष उन्नत महापुरुषों के लिए ही साध्य है। उनके कहने भर की देर है, नहीं, मुझे यह नहीं चाहिए कि बस उनका शरीर और मन तुरंत उनकी आज्ञा का पालन करता है, और वे संसार के बाहर चले जाते हैं। परंतु ऐसे लोग बहुत ही दुर्लभ हैं। यही कारण है कि अधिकांश लोग प्रवृत्ति मार्ग ग्रहण करते हैं। इसमें उन्हें संसार में से ही होकर जाना पड़ता है, और इन बंधनों को तोड़ने के लिए इन बंधनों की ही सहायता लेनी पड़ती है। यह भी एक प्रकार का त्याग है, अंतर इतना ही है कि यह धीरे-धीरे, क्रमशः सब पदार्थों को जानकर, उनका भोग करके और इस प्रकार उनके संबंध में अनुभव लाभ करके प्राप्त होता है।

इस प्रकार विषयों का स्वरूप भलीभाँति जान लेने से मन अंत में उन सब को छोड़ देने में समर्थ हो जाता है और आसक्तिशून्य बन जाता है। अनासक्ति के प्रथमोक्त मार्ग का साधन है विचार, और दूसरे का कर्म। प्रथम मार्ग ज्ञानयोगी का है—वह सभी कर्मों का त्याग करता है; दूसरा कर्मयोगी का है—उसे निरंतर कर्म करते रहना पड़ता है। इस जगत् में प्रत्येक मनुष्य को कर्म करना ही पड़ेगा, केवल वही व्यक्ति कर्म से परे है,

जो संपूर्ण रूप से आत्मतृप्त है, जिसे आत्मा के अतिरिक्त अन्य कोई भी कामना नहीं, जिसका मन आत्मा को छोड़ अन्यत्र कहीं भी गमन नहीं करता, जिसके लिए आत्मा ही सर्वस्व है। शेष सभी व्यक्तियों को तो कर्म अवश्य ही करना पड़ेगा। जिस प्रकार एक जलस्रोत स्वाधीन भाव से बहते-बहते किसी गढ़े में गिरकर एक भँवर का रूप धारण कर लेता है और उस भँवर में कुछ देर चक्कर काटने के बाद पुनः एक उक्त स्रोत के रूप में बाहर आकर अनिर्बंध रूप से बह निकलता है, उसी प्रकार यह मनुष्य जीवन भी है। यह भी भँवर में पड़ जाता है—नाम रूपात्मक जगत् में पड़कर कुछ समय एक गोते खाता हुआ चिल्लाता है, यह मेरा बाप, यह मेरी माँ, यह मेरा भाई, यह मेरा नाम, यह मेरा यश, आदि-आदि। फिर अंत में बाहर निकलकर पुनः अपना मुक्तभाव प्राप्त कर लेता है। समस्त संसार का यही हाल है। हम चाहे जानते हों या न जानते हों, ज्ञानवश या अज्ञानवश हम सभी इस संसार-स्वप्न से होश में आने का यत्न कर रहे हैं। मनुष्य का सांसारिक अनुभव इसीलिए है कि वह उसे इस जगत् के भँवर से बाहर निकाल दे।

तो फिर कर्मयोग क्या है?—कर्म के रहस्य का ज्ञान। हम देखते हैं कि सारा संसार कर्म में रत है। यह सब किसलिए है?—मुक्तिलाभ के लिए, स्वाधीनता के लिए। एक छोटे परमाणु से लेकर सर्वोच्च प्राणी तक सभी, ज्ञानवश अथवा अज्ञानवश, एक ही उद्देश्य के लिए कार्य किए जा रहे हैं और वह है—शारीरिक स्वाधीनता, मानसिक स्वाधीनता, आध्यात्मिक स्वाधीनता। सभी पदार्थ निरंतर स्वाधीनता पाने की चेष्टा कर रहे हैं, बंधन से मुक्त होने का प्रयत्न कर रहे हैं। सूर्य, चंद्र, पृथ्वी, ग्रह आदि सभी बंधन से दूर होने की चेष्टा कर रहे हैं। कहा जा सकता है कि सारा जगत् केंद्राभिमुखी और केंद्रापसारी शक्तियों की एक क्रीड़ाभूमि है। संसार में इधर-उधर धक्के खाकर तथा बहुत समय तक चोटें सहकर फिर प्रकृत तत्त्व को जानने की अपेक्षा हमें कर्मयोग द्वारा सहज ही कर्म का रहस्य,

कर्म की पद्धति तथा अल्प परिश्रम द्वारा अधिक कार्य करने की रीति ज्ञात हो जाती है। यदि हमें कर्मयोग के उपयोग का ज्ञान न रहे, तो व्यर्थ ही हमारी बहुत सी शक्ति क्षय हो जाएगी।

कर्मयोग कर्म की एक विद्या ही बना लेता है। इस विद्या द्वारा तुम यह जान सकते हो कि संसार के समस्त कार्यों का सद्व्यवहार किस प्रकार करना चाहिए। कर्म तो अवश्यंभावी है—करना ही पड़ेगा, किंतु सर्वोच्च ध्येय को सम्मुख रखकर कार्य करो। कर्मयोग हमें इस बात पर विवश कर देता है कि यह दुनिया केवल दो दिन की है, इसमें से होकर हमें गुजरना ही होगा; किंतु मुक्ति इसके भीतर नहीं है, उसके लिए तो हमें इस संसार से परे जाना होगा। संसार से परे जाने के इस मार्ग को प्राप्त करने के लिए हमें धीरे-धीरे परंतु दृढ़ पगों से इसी संसार में से होकर जाना होगा। हाँ, कुछ ऐसे विशेष महापुरुष हो सकते हैं, जिनके संबंध में मैंने अभी कहा है, जो एकदम संसार से अलग खड़े होकर उसे उसी प्रकार त्याग सकते हैं, जिस प्रकार साँप अपनी केंचुली को छोड़कर, एक ओर खड़े होकर उसे देखता है। ऐसे विशेष महापुरुष कुछ अवश्य हैं, पर अधिकांश व्यक्तियों को तो इस कर्मबहुल संसार में से ही धीरे-धीरे होकर जाना पड़ता है और कर्मयोग उसमें अधिक-से-अधिक कृतकार्य होने की रीति, उसका रहस्य एवं उपाय दिखा देता है।

कर्मयोग क्या कहता है। वह कहता है कि तुम निरंतर कर्म करो, परंतु कर्म में आसक्ति का त्याग कर दो। अपने को किसी भी विषय के साथ एक मत कर डालो—अपने मन को सदैव स्वाधीन रखो। संसार में तुम्हें जो सुख-दुःख दिखाई देते हैं, वे तो विश्व के अवश्यंभावी व्यापार है। दारिद्र्य, संपत्ति, सुख ये सब क्षणभंगुर ही हैं, वास्तव में हमारे प्रकृत स्वभाव से इनका कोई संबंध नहीं। हमारा प्रकृत स्वरूप तो सुख और दुःख से एकदम परे है, प्रत्यक्ष और कल्पनागोचर विषयों के बिलकुल अतीत है; परंतु फिर भी हमें निरंतर कर्म करते रहना चाहिए। क्लेश

आसक्ति से ही उत्पन्न होता है, कर्म से नहीं। ज्यों ही हम अपने कर्म से अपने आपको एक कर डालते हैं, त्यों ही क्लेश उत्पन्न होता है; परंतु यदि हम अपने को उससे पृथक् रखें तो हमें यह क्लेश छू तक नहीं सकता। यदि किसी दूसरे मनुष्य का कोई सुंदर चित्र जल जाता है, तो देखनेवाले व्यक्ति को कोई दुःख नहीं होता; परंतु यदि उसका अपना चित्र जल जाए, तो उसे कितना दुःख होता है! ऐसा क्यों? दोनों ही चित्र सुंदर थे और संभव है, दोनों एक ही मूल चित्र की नकल रहे हों; परंतु एक दशा में उस व्यक्ति को बिलकुल क्लेश नहीं हुआ, पर दूसरी में बहुत हुआ। इसका कारण यही है कि पहली दशा में वह अपने को चित्र से पृथक् रखता है, परंतु दूसरी दशा में अपने को उससे एकरूप कर देता है। यह मैं और मेरा, ही समस्त क्लेश की जड़ है। अधिकार की भावना के साथ ही स्वार्थ आ जाता है और स्वार्थपरता से ही क्लेश उत्पन्न होता है।

प्रत्येक स्वार्थपर कार्य और विचार हमें किसी-न-किसी वस्तु से आसक्त कर देता है और हम तुरंत ही उस वस्तु के दास बन जाते हैं। चित्त का प्रत्येक स्पंदन, जिसमें 'मैं और मेरे' की भावना रहती है, हमें उसी क्षण जंजीरों से जकड़कर गुलाम बना देता है। हम जितना ही 'मैं' और 'मेरा' कहते हैं, दासत्व का भाव हममें उतना ही बढ़ता जाता है और हमारे क्लेश भी उतने ही अधिक बढ़ जाते हैं। अतएव कर्मयोग हमें शिक्षा देता है कि हम संसार के समस्त चित्रों के सौंदर्य का आनंद उठाएँ, परंतु उसमें से किसी भी एक के साथ एकरूप न हो जाएँ। कभी यह न कहो कि 'यह मेरा है।' जब कभी हम यह कहेंगे कि अमुक वस्तु 'मेरी' है, तो उसी क्षण क्लेश हमें आ घेरेगा। अपने मन में भी कभी न कहो कि यह 'मेरा बच्चा' है। बच्चे को लेकर प्यार करो, परंतु यह न कहो कि वह 'मेरा' है। 'मेरा' कहने से ही क्लेश उत्पन्न होगा। 'मेरा घर', 'मेरा शरीर' आदि न कहो। कठिनाई तो यहीं पर है। शरीर न तो तुम्हारा है, न मेरा और न अन्य किसी का। ये शरीर तो प्रकृति के नियमों के अनुसार आते-जाते रहते हैं, परंतु

हम बिलकुल मुक्त हैं—केवल साक्षी मात्र हैं। जिस प्रकार एक चित्र या एक दीवाल स्वाधीन नहीं है, उसी प्रकार यह शरीर भी स्वाधीन नहीं है। फिर हम इस शरीर में ऐसे आसक्त क्यों हों ? एक चित्रकार एक चित्र बना देता है और बस चल देता है। आसक्ति की यह स्वार्थी भावना न उठने दो कि 'मैं इस पर अपना अधिकार जमा लूँ।' ज्यों ही यह भावना उत्पन्न होगी, त्यों ही क्लेश आरंभ हो जाएगा।

अतएव कर्मयोग शिक्षा देता है कि सबसे पहले तुम स्वार्थपरता के अंकुर के बढ़ने की इस प्रवृत्ति को नष्ट कर दो। और जब तुममें इसके दमन की क्षमता आ जाए, तो मन को बस वही रोक लो, स्वार्थपरता की इन लहरों में उसे मत बह जाने दो। फिर तुम संसार में चले जाओ और यथाशक्ति कर्म करो। फिर तुम सबसे मिल सकते हो, जहाँ चाहो जा सकते हो, तुम्हें कुछ भी स्पर्श न कर सकेगा। पानी में रहते हुए भी जिस प्रकार पद्मपत्र को पानी स्पर्श नहीं कर सकता और न उसे भिगो सकता है, उसी प्रकार तुम भी संसार में निर्लिप्त भाव से रह सकोगे। इसी को 'वैराग्य' कहते हैं, इसी को कर्मयोग की नींव—अनासक्ति—कहते हैं। मैंने तुम्हें बताया ही है कि अनासक्ति के बिना किसी भी प्रकार की योग-साधना नहीं हो सकती। अनासक्ति ही समस्त योग-साधना की नींव है। हो सकता है कि जिस मनुष्य ने अपना घर छोड़ दिया है, अच्छे वस्त्र पहनना छोड़ दिया है, अच्छा भोजन करना छोड़ दिया है और जो मरुस्थल में जाकर रहने लगा है, वह भी एक घोर विषयासक्त व्यक्ति हो। उसकी एकमात्र संपत्ति, उसका शरीर ही उसका सर्वस्व हो जाए और वह उसी के सुख के लिए सतत प्रयत्न करे। अनासक्ति बाह्य शरीर पर निर्भर नहीं है, वह तो मन पर निर्भर है। मैं और मेरे की जंजीर तो मन में ही रहती है। यदि शरीर और इंद्रियगोचर विषयों के साथ इस जंजीर का संबंध न रहे, तो फिर हम कहीं भी क्यों न रहें, हम बिलकुल अनासक्त रहेंगे। हो सकता है कि एक व्यक्ति राजसिंहासन पर बैठा हो, परंतु फिर भी बिलकुल अनासक्त हो; और दूसरी ओर यह भी संभव है कि एक व्यक्ति चिथड़ों में

हो, पर फिर भी वह बुरी तरह आसक्त हो। पहले हमें इस प्रकार की अनासक्ति प्राप्त कर लेनी होगी और फिर सतत कार्य करते रहना होगा। यद्यपि यह है बड़ा कठिन, परंतु फिर भी कर्मयोग हमें अनासक्त होने की रीति सिखा देता है।

आसक्ति का संपूर्ण त्याग करने के दो उपाय हैं, प्रथम उपाय उन लोगों के लिए है, जो न तो ईश्वर में विश्वास करते हैं और न किसी बाहरी सहायता में। वे अपने-अपने कौशल एवं उपायों का अवलंबन करें। उन्हें अपनी ही इच्छाशक्ति, मनःशक्ति एवं विचार का अवलंबन करके कार्य करना होगा—उन्हें दृढ़तापूर्वक कहना होगा, मैं अनासक्त होऊँगा ही। जो ईश्वर पर विश्वास करते हैं, उनके लिए एक दूसरा मार्ग है, जो इसकी अपेक्षा बहुत सरल है। वे समस्त कर्मफलों को ईश्वर को अर्पित करके कर्म करते जाते हैं, इसलिए कर्मफल में कभी आसक्त नहीं होते। वे जो कुछ देखते हैं, अनुभव करते हैं, सुनते अथवा करते हैं, वह सब भगवान् के लिए ही होता है। हम जो कुछ भी सत् कार्य करें, उससे हमें किसी प्रकार की प्रशंसा अथवा लाभ की आशा नहीं करनी चाहिए। वह तो सब प्रभु का ही है। सारे फल उन्हीं के श्रीचरणों में अर्पित कर दो। हमें तो एक किनारे खड़े हो यह सोचना चाहिए कि हम तो केवल प्रभु के, अपने स्वामी के आज्ञाकारी भृत्य हैं और हमारी प्रत्येक कर्म-प्रवृत्ति प्रतिक्षण उन्हीं के पास से आ रही है—

यत्करोषि यदश्नासि यज्जुहोसि ददासि यत्।
यत्तपस्यसि कौन्तेय तत्कुरुष्व मदर्पणम्॥

(—गीता, 7/27)

अर्थात् तुम जो कुछ पूजा करो, ध्यान करो अथवा कर्म करो, सब उन्हीं को अर्पण कर दो और स्वयं निश्चिंत हो जाओ। हम शांति से रहें, पूर्ण शांति से रहें, और अपना संपूर्ण शरीर, मन, यहाँ तक कि अपना सर्वस्व

श्रीभगवान् के समक्ष चिर बलिस्वरूप दे दें। अग्नि में घी की आहुतियाँ देने की अपेक्षा दिन-रात केवल यही एक महान् आहुति—अपने इस क्षुद्र अहं की आहुति—देते रहो। संसार में धन की खोज में लगे हुए, हे प्रभु, मैंने केवल तुम्हीं को एकमात्र धन पाया; मैं तुम्हारे श्रीचरणों में आत्मसमर्पण करता हूँ। संसार में किसी प्रेमास्पद की खोज करते-करते हे नाथ, केवल तुम्हीं को मैंने एकमात्र प्रेमास्पद पाया; मैं तुम्हारे श्रीचरणों में आत्मसमर्पण करता हूँ। हमें चाहिए कि हम दिन-रात यही दुहराते रहें और कहें, हे प्रभु! मुझे कुछ नहीं चाहिए। कोई वस्तु चाहे अच्छी हो, चाहे बुरी, मुझे उससे तनिक भी प्रयोजन नहीं। मैं सबकुछ तुम्हीं को समर्पण करता हूँ।

रात-दिन हमें इस तथाकथित भासमान 'अहं' का त्याग करते रहना चाहिए, जब तक कि यह अभ्यास के रूप में परिणत न हो जाए, तब तक कि यह हमारे शरीर की शिरा-शिरा में, नस-नस में और मस्तिष्क में व्याप्त न हो जाए और हमारा संपूर्ण शरीर ही प्रतिक्षण आत्मत्याग के इस भाव के आधीन न हो जाए। फिर जहाँ हमारी इच्छा हो, हम जा सकते हैं; हमें फिर कुछ भी स्पर्श न कर सकेगा। चाहे हम गोले-बारूद की तुमुल आवाज से पूर्ण रणक्षेत्र में भी क्यों न चले जाएँ, फिर भी हम सदैव मुक्त, स्वाधीन और शांत ही रहेंगे।

कर्मयोग हमें इस बात की शिक्षा देता है कि कर्तव्य की जो भावना है, वह एक निम्न श्रेणी की चीज है, कर्तव्यबुद्धि से कोई कार्य केवल निम्न भूमि में ही किया जाता है। फिर भी हममें से प्रत्येक को अपने कर्तव्य कर्म करने ही होंगे। परंतु हम देखते हैं कि कर्तव्य की यह भावना ही अनेक बार हमारे दुःखों का एकमात्र कारण होती है। कर्तव्य हमारे लिए एक प्रकार का रोग सा हो जाता है और हमें सदा उसी दिशा में खींचता रहता है। यह हमें पक्का जकड़ लेता है और हमारे पूरे जीवन को दुःखपूर्ण कर देता है। यह तो मनुष्यजीवन के लिए महा विभीषिका स्वरूप है। यह कर्तव्यबुद्धि ग्रीष्मकाल के मध्याह्न सूर्य की तरह है, जो

मनुष्य की अंतरात्मा को दग्ध कर देती है। जरा कर्तव्य के उन बेचारे गुलामों की ओर तो देखो! उनका कर्तव्य तो उन्हें इतनी भी छुट्टी नहीं देता कि वे पूजा-पाठ अथवा स्नान ध्यान कर सकें। कर्तव्य उन्हें प्रतिक्षण घेरे रहता है। वे बाहर जाते हैं और काम करते हैं, कर्तव्य सदा उनके सिर पर सवार रहता है। वे घर आते हैं और फिर अगले दिन का काम सोचने लगते हैं; कर्तव्य उन पर सवार हो रहता है। यह तो एक गुलाम की जिंदगी हुई! फिर एक दिन ऐसा आ जाता है कि वे कसे-कसाए घोड़े की तरह सड़क पर ही गिरकर मर जाते हैं! कर्तव्य की यह सर्वसाधारण कल्पना है। परंतु अनासक्त होकर एक स्वतंत्र व्यक्ति की तरह कार्य करना तथा समस्त कर्म भगवान् को समर्पण कर देना ही असल में हमारा एकमात्र कर्तव्य है। हमारे समस्त कर्तव्य तो उन्हीं के हैं। कितने सौभाग्य की बात है कि हम इस संसार में भेजे गए हैं। हम बस अपने निर्दिष्ट कार्य करते जा रहे हैं! कौन जाने, हम उन्हें अच्छे कर रहे हैं या बुरे? उन्हें उत्तम रूप से करने पर भी हम फल की आकांक्षा न करेंगे और बुरी तरह से करने पर भी हम चिंतित न होंगे। निश्चिंत होकर स्वाधीन भाव से शांति के साथ कर्म करते जाओ। पर हाँ, इस प्रकार की अवस्था प्राप्त कर लेना जरा टेढ़ी ही खीर है। दासत्व को कर्तव्य कह देना अथवा चर्म के प्रति चर्म की घृणित आसक्ति को कर्तव्य कह देना कितना सरल है! मनुष्य संसार में धन अथवा अन्य किसी प्रिय वस्तु की प्राप्ति के लिए एड़ी-चोटी का पसीना एक करता रहता है। यदि उससे पूछो, ऐसा क्यों कर रहे हो? तो झट उत्तर देता है, यह तो मेरा कर्तव्य है। पर असल में यह तो धन के लिए अस्वाभाविक तृष्णा मात्र है। और इस तृष्णा के ऊपर कुछ फूल चढ़ाकर वे उसे ढके रखने की चेष्टा करते हैं।

तब जिसे सब लोग कर्तव्य कहा करते हैं, वह फिर क्या है? वह है केवल आसक्ति—शरीर की गुलामी। जब कोई आसक्ति दृढ़मूल हो जाती है, तो उसे ही हम कर्तव्य कहने लगते हैं। उदाहरणार्थ, जहाँ विवाह की

प्रथा नहीं है, उन सब देशों में पति-पत्नी, में आपस में कोई कर्तव्य नहीं होता। क्रमशः समाज में जब विवाह प्रथा आ जाती है, तब पति-पत्नी एक साथ रहने लगते हैं। उनका यह एक साथ रहना शारीरिक आसक्ति के कारण ही होता है। और कई पीढ़ियों के बाद जब उनका यह एकत्र वास एक प्रथा जैसा हो जाता है, तब फिर यही एक कर्तव्य के रूप में परिणत हो जाता है। यह तो एक प्रकार की चिरस्थायी व्याधि सी है। यदि एक-आध बार यह प्रबल रूप में प्रतीत होती है, तो उसे हम व्याधि कह देते हैं और यदि यह सामान्य भाव से चिरस्थायी हो जाती है, तो इसे हम प्रकृति या स्वभाव कहने लगते हैं। जो भी हो, पर है वह एक रोग ही। आसक्ति चिरस्थायी होकर जब हमारा स्वभाव बन जाती है, तो उसे हम कर्तव्य के बड़े नाम से ढक देते हैं। फिर हम उसके ऊपर फूल चढ़ाते हैं, उसके सामने बाजे बजाते हैं, मंत्रोच्चारण करते हैं। तब यह समस्त संसार उसी कर्तव्य के लिए आपस में लड़ने-भिड़ने लगता है और एक-दूसरे का धन अपहरण करने लगता है।

कर्तव्य वहीं तक अच्छा है, जहाँ तक कि यह पशुत्व भाव को रोकने में सहायता प्रदान करता है। उन निम्नतम श्रेणी के मनुष्यों के लिए जो और किसी उच्चतर आदर्श की धारणा ही नहीं कर सकते, शायद कर्तव्य की यह भावना किसी हद तक अच्छी हो, परंतु जो कर्मयोगी बनना चाहते हैं, उन्हें तो कर्तव्य के इस भाव को एकदम त्याग देना चाहिए। असल में हमारे या तुम्हारे लिए कोई कर्तव्य है ही नहीं। जो कुछ तुम संसार को देना चाहते हो अवश्य दो, परंतु कर्तव्य के नाम पर नहीं। उसके लिए कुछ चिंता तक मत करो। बाध्य होकर कुछ भी मत करो। बाध्य होकर भला क्यों करोगे? जो कुछ भी तुम बाध्य होकर करते हो, उससे आसक्ति उत्पन्न होती है। तुम्हारा अपना कोई कर्तव्य क्यों होना चाहिए?

"सबकुछ ईश्वर को ही अर्पण कर दो।" इस संसार की भयानक भट्ठी में, जिसमें कर्तव्यरूपी अग्नि सभी को झुलसाती रहती है, तुम उस

ईश्वरार्पण भावरूपी अमृत-चषक का पान करो और प्रसन्न रहो। हम सब तो केवल उन प्रभु की ही इच्छा का पालन कर रहे हैं और किसी प्रकार के पुरस्कार अथवा दंड से हमारा कोई संबंध नहीं। यदि तुम पुरस्कार के इच्छुक हो तो तुम्हें साथ ही दंड भी स्वीकार करना पड़ेगा। दंड से छुटकारा पाने का केवल यही उपाय है कि तुम पुरस्कार का भी त्याग कर दो। क्लेश से मुक्त होने का एकमात्र उपाय यही है कि तुम सुख की भावना का भी त्याग कर दो, क्योंकि ये दोनों चीजें एक ही में गुँथी हुई हैं। यदि एक ओर सुख है, तो दूसरी ओर क्लेश; एक ओर जीवन है, तो दूसरी ओर मृत्यु। मृत्यु से छुटकारा पाने का एकमात्र उपाय यही है कि जीवन के प्रति आसक्ति का त्याग कर दो। जीवन और मृत्यु दोनों एक ही वस्तु हैं—एक ही वस्तु दो विभिन्न पहलू मात्र।

अतएव 'दुःखशून्य सुख' एवं मृत्युशून्य जीवन की भावना, संभव है, स्कूल के छोटे-छोटे बच्चों के लिए बड़ी मधुर हो, परंतु एक चिंतनशील व्यक्ति को तो यही प्रतीत होता है कि ये दोनों बातें परस्पर विरोधी है और यह समझकर वह इन दोनों का परित्याग कर देता है। जो कुछ तुम करो, उसके लिए किसी प्रकार की प्रशंसा अथवा पुरस्कार की आशा मत रखो। ज्यों ही हम कोई सत् कार्य करते हैं, त्यों ही हम उसके लिए प्रशंसा की आशा करने लगते हैं। ज्यों ही हम किसी सत् कार्य में चंदा देते हैं, त्यों ही हम चाहने लगते हैं कि हमारा नाम अखबारों में खूब चमक उठे। ऐसी वासनाओं का फल दुःख के अतिरिक्त और क्या होगा? संसार से कई सर्वश्रेष्ठ महापुरुष उठ गए, पर संसार ने उन्हें जाना तक नहीं। देखा जाए तो भगवान् बुद्ध तथा ईसा मसीह भी उन महापुरुषों की तुलना में द्वितीय श्रेणी के हैं; परंतु संसार उन महापुरुषों के बारे में कुछ जानता तक नहीं। प्रत्येक देश में ऐसे सैकड़ों महापुरुष हुए हैं, परंतु सदैव वे अपना कार्य चुपचाप ही करते रहे। चुपचाप वे अपना जीवन व्यतीत करते हैं और चुपचाप इस संसार से चले जाते हैं; समय पर उनकी चिंतनराशि बुद्धों

और ईसा मसीहों में व्यक्त भाव धारण करती है, और संसार केवल जान पाता है इन्हीं बुद्धों और ईसा मसीहों को। सर्वश्रेष्ठ महापुरुष गण अपने ज्ञान से किसी प्रकार की यशप्राप्ति की कामना नहीं रखते। ऐसे महापुरुष तो केवल संसार के हित के लिए अपने भाव छोड़ जाते हैं; वे अपने लिए किसी बात का दावा नहीं करते और न अपने नाम पर कोई संप्रदाय अथवा धर्मप्रणाली ही स्थापित कर जाते हैं। उनका स्वभाव ही इन बातों का विरोधी होता है।

ये महापुरुष शुद्धसात्त्विक होते हैं; वे केवल प्रेम से द्रवीभूत होकर रहते हैं। मैंने एक ऐसा योगी देखा है। वे भारतवर्ष में एक गुफा में रहते हैं। मैंने जितने भी अद्‌भुत महापुरुष देखे, उसमें से वे एक हैं। वे अपना मैं पन यहाँ तक खो चुके हैं कि उनमें से मनुष्य भाव बिलकुल निकल गया है और उनके हृदय पर केवल ईश्वरीय भाव ने ही संपूर्ण रूप से अधिकार जमा लिया है। यदि कोई प्राणी उनके एक हाथ में काट लेता है, तो उसे वे दूसरा हाथ भी दे देते हैं और कहते हैं, यह तो प्रभु की इच्छा है। उनके लिए जो कुछ भी उनके पास आता है, सब प्रभु से ही आता है। वे अपने को लोगों के सामने प्रकट नहीं करते, परंतु फिर भी वे प्रेम तथा मधुर एवं सत्य भावों के प्रसवण स्वरूप हैं।

इसके बाद फिर वे लोग हैं, जिनमें अपेक्षाकृत अधिक रजःशक्ति होती है। वे सिद्ध पुरुषों के भावों को ग्रहण करके फिर उनका संसार में प्रचार करते हैं। सर्वश्रेष्ठ महापुरुष गण चुपचाप सत्य एवं उदात्त भावों का संग्रह करते हैं, और ये दूसरे—बुद्ध अथवा ईसा मसीह जैसे—एक स्थान से दूसरे स्थान जाकर भ्रमण करके उनका प्रचार करते हैं। गौतम बुद्ध के जीवनचरित्र में हम पाते हैं कि वे अपने को निरंतर यही कहते आए कि वे पचीसवें बुद्ध थे। उनके पहले के चौबीस बुद्धों के इतिहास का हमें कोई ज्ञान नहीं, परंतु फिर भी यह निश्चित है कि ये हमारे ऐतिहासिक बुद्ध अवश्य ही उन बुद्धों द्वारा डाली हुई भित्ति पर ही अपना धर्मप्रासाद निर्माण

कर गए हैं। सर्वश्रेष्ठ महापुरुष गण शांत, नीरव एवं अपरिचित होते हैं। विचार की प्रचंड शक्ति से वे भलीभाँति परिचित रहते हैं। उनमें यह दृढ़ विश्वास होता है कि यदि वे किसी पर्वत की गुफा में जाकर उसके द्वार बंद करके केवल चार पाँच सद्‌विचारों का ही मनन कर इस संसार से चल बसें, तो वे चार-पाँच विचार ही अनंत काल तक विश्व में व्याप्त रहेंगे। वास्तव में ऐसे विचार पर्वतों को भी चीरकर बाहर निकल आएँगे, समुद्रों को पार कर जाएँगे और सारे संसार में व्याप्त हो जाएँगे। वे मनुष्यों के हृदय एवं मस्तिष्क में इतने गहरे घुस जाएँगे कि उनमें से कुछ ऐसे लोग उत्पन्न होंगे, जो उन्हें कार्यरूप में परिणत करेंगे। ये पूर्वोक्त सात्त्विक व्यक्ति भगवान् के इतने समीप हैं कि इनके लिए कर्मशील होना, परोपकार करना तथा इस संसार में धर्म प्रचार आदि कार्य करना सचमुच असंभव सा है। कर्मी व्यक्ति चाहे जितने भी भले क्यों हों, उनमें कुछ-न-कुछ अज्ञान रह ही जाता है। जब हमारे स्वभाव में कुछ-न-कुछ अपवित्रता अवशिष्ट रहती है, तभी हम कार्य कर सकते हैं। कर्म के पीछे साधारणतया कोई हेतु या आसक्ति रहना यह तो कर्म के स्वभाव में ही है। जो एक क्षुद्र पक्षी के पतन तक पर भी दृष्टि रखते हैं, उन सतत क्रियाशील विधाता के समक्ष मनुष्य भला अपने कार्य की इतनी बड़ाई कैसे कर सकता है ? जब वे संसार के छोटे से छोटे प्राणी की भी चिंता रखते हैं, तब मनुष्य के लिए ऐसा सोचना क्या घोर ईश्वर-निंदा नहीं है ? हमें तो उनके सामने ससंभ्रम, नतमस्तक खड़े होकर केवल यही कहना चाहिए, आपकी इच्छा पूर्ण हो। सर्वश्रेष्ठ पुरुष तो कार्य कर ही नहीं सकते, क्योंकि उनमें किसी प्रकार की आसक्ति नहीं होती। जो आत्मा में ही आनंद करते हैं, जो आत्मा में ही तृप्त रहते हैं और जो आत्मा के साथ सदा के लिए एक हो गए हैं, उनके लिए कोई कर्म शेष नहीं रह जाता। यही सर्वश्रेष्ठ मानव हैं। इनके अतिरिक्त अन्य सभी को कर्म करना पड़ेगा।

पर इस प्रकार कर्म करते समय हमें यह कभी न सोचना चाहिए की

हम इस संसार में भी किसी छोटे से छोटे प्राणी तक की तनिक भी सहायता कर सकते हैं। असल में वह हम बिलकुल नहीं कर सकते। संसाररूपी इस शिक्षालय में परोपकार के इन कार्यों द्वारा तो हम केवल अपनी ही सहायता करते हैं। कर्म करने का यही सच्चा दृष्टिकोण है। अतएव यदि हम इसी भाव से कर्म करें, यदि सदा यही सोचें कि इस समय जो हम कार्य कर रहे हैं, वह तो हमारे लिए एक बड़े सौभाग्य की बात है, तो फिर हम कभी भी किसी वस्तु में आसक्त न होंगे। इस विश्व में हम तुम जैसे लाखों लोग मन-ही-मन सोचा करते हैं कि हम एक महान् व्यक्ति है; परंतु एक दिन हमारी मौत हो जाती है और बस पाँच मिनट बाद ही संसार हमें भूल जाता है। किंतु ईश्वर का जीवन अनंत है। यदि इस सर्वशक्तिमान प्रभु की इच्छा न हो, तो एक क्षण के लिए भी कौन जीवित रह सकता है, एक क्षण के लिए भी कौन साँस ले सकता है? वे ही सतत कर्मशील विधाता हैं। समस्त शक्ति उन्हीं की है और उन्हीं की आज्ञावर्तिनी है।

भयादस्याग्निस्तपति भयात्तपति सूर्यः।
भयादिन्द्रश्च वायुश्च मृत्युर्धावति पञ्चमः॥

अर्थात् उन्हीं की आज्ञा से वायु चलती है, सूर्य प्रकाशित होता है, पृथ्वी अवस्थित है और मृत्यु इस संसार में विचरण करती है। वे ही सबकुछ हैं। हम तो उनकी केवल उपासना मात्र कर सकते हैं। कर्मों के समस्त फलों को त्याग दो, भले के लिए ही भला करो—तभी पूर्ण अनासक्ति प्राप्त होगी। तब हृदयग्रंथि छिन्न हो जाएगी और हम पूर्ण मुक्ति प्राप्त कर लेंगे। यह मुक्ति ही वास्तव में कर्मयोग का लक्ष्म है। ❑

कर्मयोग का आदर्श

वेदांत का सबसे उदात्त तत्त्व यह है कि हम एक ही लक्ष्य पर भिन्न-भिन्न मार्गों से पहुँच सकते हैं। मैंने इन्हें साधारणतया चार मार्गों में विभाजित किया है और ये हैं—कर्ममार्ग, भक्तिमार्ग, योगमार्ग और ज्ञानमार्ग। परंतु साथ ही तुम्हें यह भी स्मरण रखना चाहिए कि ये बिलकुल पृथक्-पृथक् विभाग नहीं हैं। प्रत्येक एक दूसरे के अंतर्गत है। किंतु प्राधान्य के अनुसार ही ये विभाग किए गए हैं। ऐसी बात नहीं कि तुम्हें कोई ऐसा व्यक्ति मिले, जिसमें कर्म करने के अतिरिक्त दूसरी कोई शक्ति न हो, अथवा जिसमें केवल भक्ति या केवल ज्ञान के अतिरिक्त और कुछ न हो। ये विभाग केवल मनुष्य की प्रधान प्रवृत्ति अथवा गुणप्राधान्य के अनुसार किए गए हैं। हमने देखा है कि अंत में ये सब मार्ग एक ही लक्ष्म में जाकर एक हो जाते हैं। सारे धर्म और सारी साधन प्रणाली हमें उसी एक चरम लक्ष्य की ओर ले जा रही है।

वह चरम लक्ष्य क्या है, यह बताने का यत्न मैं पहले ही कर चुका हूँ। मेरे मतानुसार, वह है मुक्ति। एक छोटे से परमाणु से लेकर मनुष्य तक, अचेतन प्राणहीन जड़ वस्तु से लेकर सर्वोच्च मानवात्मा तक, जो कुछ भी हम इस विश्व में देखते हैं, अनुभव करते या श्रवण करते हैं, वे सबके सब मुक्ति की ही चेष्टा कर रहे हैं। असल में इस मुक्ति लाभ के लिए संग्राम का ही फल है—यह जगत्। इस जगत् रूप मिश्रण में प्रत्येक

परमाण दूसरे परमाणुओं से पृथक् हो जाने की चेष्टा कर रहा है, पर दूसरे उसे आबद्ध करके रखे हुए हैं। हमारी पृथ्वी सूर्य से दूर भागने की चेष्टा कर रही है तथा चंद्रमा, पृथ्वी से। प्रत्येक वस्तु अनंत विस्तारोन्मुख है। इस संसार में हम जो कुछ भी देखते हैं, उस सबका मूल आधार मुक्तिलाभ के लिए यह संग्राम ही है। इसी की प्रेरणा से साधु उपासना करता है और चोर चोरी। जब कार्यप्रणाली अनुचित होती है, तो उसे हम बुरी कहते हैं, और जब कार्य-प्रणाली का प्रकाश उचित तथा उच्च होता है, तो उसे हम अच्छा या श्रेष्ठ कहते हैं। परंतु दोनों दशाओं में प्रेरणा एक ही होती है, और वह है मुक्तिलाभ के लिए चेष्टा। साधु अपनी बद्ध दशा को सोचकर कातर हो उठता है, वह उससे छुटकारा पाने की इच्छा करता है और इसलिए ईश्वरोपासना करता है। इधर चोर भी यह सोचकर परेशान हो जाता है कि उसके पास अमुक वस्तुएँ नहीं हैं। वह उस अभाव से छुटकारा पाने की, मुक्त होने की, कामना करता है और इसलिए चोरी करता है। चेतन अथवा अचेतन समस्त प्रकृति का लक्ष्य यह मुक्ति ही है। जाने या अनजाने सारा जगत् इसी लक्ष्य की ओर पहुँचने का यत्न कर रहा है। पर हाँ, यह अवश्य है कि मुक्ति के संबंध में एक साधु की धारणा एक चोर की धारणा से नितांत भिन्न होती है, यद्यपि वे दोनों ही छुटकारा पाने की प्रेरणा से कार्य कर रहे हैं। साधु मुक्ति के लिए प्रयत्न करके अनंत अनिर्वचनीय आनंद का अधिकारी हो जाता है, परंतु चोर के तो बंधनों पर बंधन बढ़ते ही जाते हैं।

प्रत्येक धर्म में मुक्तिलाभ की इस प्रकार चेष्टा का विकास पाया जाता है। यही सारी नीति की, सारी निस्स्वार्थपरता की नींव है। निस्स्वार्थपरता का अर्थ है—मैं यह क्षुद्र शरीर हूँ, इस भाव से परे होना। जब हम किसी मनुष्य को कोई सत् कार्य करते, दूसरों की सहायता करते देखते हैं, तो उसका तात्पर्य यह है कि यह व्यक्ति मैं और मेरे के क्षुद्र वृत्त में आबद्ध होकर नहीं रहना चाहता। इस स्वार्थपरता के वृत्त के बाहर बस यहीं तक

जाया जा सकता है, इस प्रकार की कोई निर्दिष्ट सीमा नहीं है। सारी श्रेष्ठ नीति-प्रणालियाँ यही शिक्षा देती हैं कि संपूर्ण स्वार्थत्याग ही चरम लक्ष्य है। मान लो, किसी मनुष्य ने इस संपूर्ण स्वार्थत्याग को प्राप्त कर लिया, तो फिर उसकी क्या अवस्था हो जाती है? फिर वह अमुक-अमुक नामवाला पहले का सामान्य व्यक्ति नहीं रह जाता। उसे तो फिर अनंत विस्तार लाभ हो जाता है। फिर उसका पहले का वह क्षुद्र व्यक्तित्व सदा के लिए नष्ट हो जाता है—अब तो वह अनंतस्वरूप हो जाता है। इस अनंत विकास की प्राप्ति ही असल में समस्त धार्मिक एवं नैतिक शिलाओं का लक्ष्य है। व्यक्तित्ववादी जब इस तत्त्व को दार्शनिक रूप में रखा हुआ देखता है, तो वह सिहर उठता है। परंतु साथ ही जब वह स्वयं नीति का प्रचार करता है, तो आखिर वह क्या करता है? वह भी इस तत्त्व का ही प्रचार करता है। वह भी मनुष्य की निस्स्वार्थपरता की कोई सीमा निर्दिष्ट नहीं करता।

मान लो, इस व्यक्तित्ववाद के अनुसार एक मनुष्य संपूर्ण रूप से अनासक्त हो गया। तो हम उसमें तथा अन्य संप्रदायों के पूर्ण सिद्ध व्यक्तियों में क्या भेद पाते हैं? वह तो विश्व के साथ एकरूप हो गया है; और इस प्रकार एकरूप हो जाना ही तो सभी मनुष्यों का लक्ष्य है। केवल बेचारे व्यक्तित्ववादी में इतना साहस नहीं कि वह अपनी युक्तियों का, यथार्थ सिद्धांत पर पहुँचने तक, अनुसरण कर सके। निस्स्वार्थ कर्म द्वारा मानवजीवन की चरमावस्था इस मुक्ति का लाभ प्राप्त कर लेना ही कर्मयोग है। अतएव हमारा प्रत्येक स्वार्थपूर्ण कार्य हमारे अपने इस लक्ष्य की ओर पहुँचने में बाधक होता है तथा प्रत्येक निस्स्वार्थ कर्म हमें उस चरम अवस्था की ओर आगे बढ़ाता है। इसीलिए नीतिसंगत और नीतिविरुद्ध की यही एकमात्र व्याख्या हो सकती है कि जो स्वार्थपर है, वह नीतिविरुद्ध हैं और जो निस्स्वार्थपर है, वह नीतिसंगत है।

परंतु यदि हम कुछ विशिष्ट कर्तव्यों की मीमांसा करें, तो इतनी

सरल और सीधी व्याख्या दे देने से काम न चलेगा। जैसा मैं पहले ही कह चुका हूँ, विभिन्न परिस्थितियों में कर्तव्य भिन्न-भिन्न हो जाते हैं। जो एक कार्य अवस्था में निस्स्वार्थ होता है, हो सकता है, वही किसी दूसरी अवस्था में बिलकुल स्वार्थपर हो जाए। अतः कर्तव्य की हम केवल एक साधारण व्याख्या ही कर सकते हैं। परंतु कार्यविशेषों की कर्तव्याकर्तव्यता पूर्णतया देश-काल-पात्र पर ही निर्भर रहेगी। एक देश में एक प्रकार का आचरण नीतिसंगत माना जाता है, परंतु संभव है, वही किसी दूसरे देश में अत्यंत नीतिविरुद्ध माना जाए, क्योंकि भिन्न-भिन्न देशों में भिन्न-भिन्न परिस्थितियाँ होती है। समस्त प्रकृति का अंतिम ध्येय मुक्ति है और यह मुक्ति केवल पूर्ण निस्स्वार्थता द्वारा ही प्राप्त की जा सकती है। प्रत्येक स्वार्थशून्य कार्य, प्रत्येक निस्स्वार्थ विचार, प्रत्येक निस्स्वार्थ वाक्य हमें इसी ध्येय की ओर ले जाता है और इसीलिए हम उसे नीतिसंगत कहते हैं। तुम देखोगे कि यह व्याख्या प्रत्येक धर्म एवं प्रत्येक नीतिप्रणाली में लागू होती है। नीतितत्त्व के मूल के संबंध में भिन्न-भिन्न देशों में भिन्न-भिन्न धारणाएँ हो सकती है। कुछ दर्शनों में नीतितत्त्व का मूल संबंध परमपुरुष परमात्मा में लगाते हैं। यदि तुम उन संप्रदायों के किसी व्यक्ति से पूछो कि हमें अमुक कार्य क्यों करना चाहिए अथवा अमुक क्यों नहीं, तो वह उत्तर देगा कि ईश्वर की ऐसी ही आज्ञा है। उनके नीतितत्त्व का मूल चाहे जो हो, पर उसका सार असल में यही है कि वयं की चिंता न करो, अहं का त्याग करो। परंतु फिर भी, नीतितत्त्व के संबंध में इस प्रकार की उच्च धारणा रहने पर भी अनेक व्यक्ति अपने इस क्षुद्र व्यक्तित्व के त्याग करने की कल्पना से सिहर उठते हैं, जो मनुष्य अपने इस क्षुद्र व्यक्तित्व से जकड़ा रहना चाहता है, उससे हम पूछें, 'अच्छा, जरा ऐसे पुरुष की ओर तो देखो, जो नितांत निस्स्वार्थ हो गया है, जिसकी अपने स्वयं के लिए कोई चिंता नहीं है, जो अपने लिए कोई भी कार्य नहीं करता, जो अपने लिए एक शब्द भी नहीं कहता; और फिर बताओ कि

उसका 'निजत्व' कहाँ है?' जब तक वह अपने स्वयं के लिए विचार करता है, कोई कार्य करता है या कुछ कहता है, तभी तक उसे अपने निजत्व, का बोध रहता है। परंतु यदि उसे केवल दूसरों के संबंध में ध्यान है, जगत् के संबंध में ही ध्यान है, तो फिर उसका निजत्व, भला कहाँ रहा? उसका तो सदा के लिए लोप हो चुका है।

अतएव कर्मयोग, निस्स्वार्थपरता और सत्कर्म द्वारा मुक्ति लाभ करने की एक विशिष्ट प्रणाली है। कर्मयोगी को किसी भी प्रकार के धर्ममत का अवलंबन करने की आवश्यकता नहीं। वह ईश्वर में भी चाहे विश्वास करे अथवा न करे, आत्मा के संबंध में भी अनुसंधान करे या न करे, किसी प्रकार का दार्शनिक विचार भी करे अथवा न करे, इससे कुछ बनता-बिगड़ता नहीं। उसके सम्मुख उसका बस अपना निस्स्वार्थपरता लाभरूप एक विशिष्ट ध्येय रहता है और अपने प्रयत्न द्वारा ही उसे उसकी प्राप्ति कर लेनी पड़ती है। उसके जीवन का प्रत्येक क्षण ही मानो प्रत्यक्ष अनुभव होना चाहिए, क्योंकि उसे तो अपनी समस्या का समाधान किसी भी प्रकार के मतामत की सहायता न लेकर केवल कर्म द्वारा ही करना होता है, जब कि ज्ञानी उसी समस्या का समाधान अपने ज्ञान और आंतरिक प्रेरणा द्वारा तथा भक्त अपनी भक्ति द्वारा करता है।

अब दूसरा प्रश्न आता है—यह कर्म क्या है? संसार के प्रति उपकार करने का क्या अर्थ है? क्या हम सचमुच संसार का कोई उपकार कर सकते हैं? उपकार का अर्थ यदि पूर्ण उपकार लिया जाए, तो उत्तर है—नहीं; परंतु सापेक्ष दृष्टि से—हाँ। संसार के प्रति ऐसा कोई भी उपकार नहीं किया जा सकता, जो चिरस्थायी हो। यदि ऐसा कभी संभव होता, तो यह संसार इस रूप में कभी न रहता, जैसा उसे हम आज देख रहे हैं। हम किसी मनुष्य की भूख अल्प समय के लिए भले ही शांत कर दें, परंतु बाद में वह फिर भूखा हो जाएगा। किसी व्यक्ति को हम जो भी कुछ सुख दे सकते हैं, वह क्षणिक ही होता है। सुख और दुखरूपी इस सतत

होनेवाले रोग का कोई भी सदा के लिए उपचार नहीं कर सकता, इस सतत गतिमान सुख-दुखरूपी चक्र को कोई भी चिरकाल के लिए रोक नहीं सकता। क्या संसार को हम कोई चिरंतन सुख दे सकते हैं ? नहीं, यह कभी संभव नहीं हो सकता। समुद्र के जल में बिना किसी एक जगह गर्त पैदा किए हम एक भी लहर नहीं उठा सकते। इस संसार में सारी शक्तियों की समष्टि सदैव समान रहती है। यह न तो कम हो सकती है, न अधिक। उदाहरणार्थ, हम मानवजाति का इतिहास ही ले लें, जैसा कि हमें आज ज्ञात है। क्या हमें सदैव वही सुख-दुःख, वही हर्ष-विषाद तथा अधिकार का वही तारतम्य पग-पग पर नहीं दिखाई देता ? क्या कुछ लोग अमीर तो कुछ गरीब, कुछ बड़े तो कुछ छोटे, कुछ स्वस्थ तो कुछ रोगी नहीं हैं ? प्राचीन काल में मिस्रवासियों, ग्रीसवालों और रोमनों की जो अवस्था थी, वही आज अमेरिकावालों की भी है। जहाँ तक हमें इस संसार के इतिहास से पता चलता है, यही दशा सदैव रही है; परंतु फिर भी हम देखते हैं कि सुख-दुःख की इस अनिवार्य भिन्नता के होते हुए भी साथ-ही-साथ उसे घटाने के प्रयत्न भी सदैव होते रहे हैं।

इतिहास के प्रत्येक युग में ऐसे हजारों स्त्री-पुरुष हुए हैं, जिन्होंने दूसरों के लिए जीवनपथ को सुगम बनाने के लिए अविरत परिश्रम किया। पर वे कभी इसमें सफल न हो सके। हम तो केवल एक गेंद को एक जगह से दूसरी जगह फेंकने का खेल खेल सकते हैं। हमने यदि शरीर से दुःख को निकाल बाहर किया, तो देखते हैं कि वह मन में जा बैठा। यह ठीक दांते के उस नर्क-चित्र जैसा है—कंजूसों को सोने का एक बड़ा गोला दिया गया है और उनसे उस गोले को पहाड़ के ऊपर ढकेलकर चढ़ाने के लिए कहा गया है। परंतु प्रत्येक बार ज्यों ही वे उसे थोड़ा सा ऊपर ढकेल पाते हैं कि वह लुढ़ककर नीचे आ जाता है। इसी प्रकार यह संसार-चक्र घूम रहा है। सतयुग के संबंध में हमारी बातचीत बहुत सुंदर है, परंतु उसी प्रकार जैसे स्कूल के बच्चों के लिए किस्से-कहानी ! उससे अधिक और

कुछ नहीं। जो सब जातियाँ सतयुग का लुभावना स्वप्न देखा करती हैं, वे अपने मन में यह भावना रखती हैं कि उस सतयुग के आने पर संसार की अन्य जातियों की अपेक्षा शायद उन्हें ही उसका सबसे अधिक लाभ मिल जाएगा! सतयुग के संबंध में यह कैसा निस्स्वार्थ भाव है?

अतएव यह सिद्ध हुआ कि हम इस संसार के सुख को नहीं बढ़ा सकते, इसी प्रकार न दुःख को ही। इस संसार में शुभ और अशुभ शक्तियों की समष्टि सदैव समान रहेगी। हम उसे सिर्फ यहाँ से वहाँ और वहाँ से यहाँ ढकेलते रहते हैं; परंतु यह निश्चित है कि वह सदैव समान रहेगी, क्योंकि वैसा रहना ही उसका स्वभाव है। यह ज्वार-भाटा, यह चढ़ाव-उतार तो संसार की प्रकृति है। इसके विपरीत सोचना तो वैसा ही युक्तिसंगत होगा, जैसा यह कहना कि मृत्यु बिना जीवन संभव है। ऐसा कहना निरी मूर्खता है, क्योंकि जीवन कहने से ही मृत्यु का बोध होता है, और सुख कहने से दुःख का। एक चिराग सतत जलता जा रहा है और यही तो उसका जीवन है। यदि तुम्हें जीवन की अभिलाषा हो, तो उसके लिए तुम्हें प्रतिक्षण मरना होगा। जीवन और मृत्यु एक ही चीज के विभिन्न पहलू हैं—केवल अलग-अलग दृष्टिकोणों से भिन्न-भिन्न दिखाई मात्र देते हैं। वे एक ही तरंग के उत्थान और पतन हैं, और दोनों को मिलाने से ही एक संपूर्ण वस्तु बनती है। एक व्यक्ति पतन को देखता है और निराशावादी बन जाता है; दूसरा उत्थान देखता है और आशावादी बन जाता है। बालक पाठशाला जाता है, माता-पिता उसकी पूरी देखभाल करते हैं; तब उसे हर एक वस्तु सुखप्रद मालूम होती है। उसकी आवश्यकताएँ बिलकुल साधारण हुआ करती हैं, वह बड़ा आशावादी बन जाता है। पर एक वृद्ध को देखो, जिसे संसार के अनेक अनुभव हो चुके हैं, वह अपेक्षाकृत शांत हो जाता है और उसकी गरमी काफी ठंडी पड़ जाती है। इसी प्रकार, वे प्राचीन जातियाँ, जिन्हें चहुँ ओर अपने पूर्वगौरव के केवल ध्वंसावशेष ही दृष्टिगोचर होते हैं, स्वभावतः नूतन जातियों की अपेक्षा

कम आशावादी होती हैं। भारतवर्ष में एक कहावत है, हजार वर्ष तक शहर और फिर हजार वर्ष तक जंगल। शहर का जंगल में तथा जंगल का शहर में इस प्रकार परिवर्तन सर्वत्र ही होता रहता है, और लोग इस तस्वीर को जिस पहलू से देखते हैं, उसी के अनुसार वे आशावादी या निराशावादी बन जाते हैं।

इसके बाद अब हम साम्यभाव के संबंध में विचार करेंगे। उपर्युक्त सतयुग संबंधी धारणा से अनेक व्यक्तियों को कार्य करने की प्रेरणा मिली है। बहुत से धर्म इसका अपने धर्म के एक अंग के रूप में प्रचार किया करते हैं। उनकी धारणा है कि परमेश्वर इस जगत् का शासन करने के लिए स्वयं आ रहे हैं, और उनके आने पर फिर लोगों में किसी प्रकार का अवस्था-भेद न रह जाएगा। जो लोग इस बात का प्रचार करते हैं, वे अवश्य मतांध है; किंतु उनमें सचमुच बड़ी आंतरिकता होती है। ईसाई धर्म का प्रचार भी तो इसी मोह-मतांधता द्वारा हुआ था और यही कारण है कि ग्रीक एवं रोमन गुलाम इसकी ओर इतने आकृष्ट हुए थे। उनका यह दृढ़ विश्वास हो गया था कि इस सतयुगी धर्म में गुलामी बिलकुल न रह जाएगी, अन्न-वस्त्र की भी बिलकुल कमी न रहेगी, और इसलिए वे हजारों की तादाद में ईसाई होने लगे। जिन ईसाइयों ने इस भाव का प्रथम प्रचार किया, वे वास्तव में अज्ञानी मतांध व्यक्ति थे, परंतु उनका विश्वास निष्कपट था। आजकल के जमाने में इसी सतयुगी भावना ने साम्य, स्वाधीनता और भ्रातृभाव का रूप धारण कर लिया है। पर यह भी एक मतांधता है। यथार्थ साम्यभाव न तो कभी संसार में हुआ है, और न कभी होने की आशा है। यहाँ हम सब समान हो ही कैसे सकते हैं? इस प्रकार के असंभव साम्यभाव का फल तो मृत्यु ही होगा। जगत् की उत्पत्ति तथा उसकी स्थिति का कारण क्या है? साम्य का अभाव, केवल वैषम्यभाव।

जगत् की प्रारंभिक अवस्था में—प्रलयावस्था में—ही संपूर्ण साम्यभाव हो सकता है। तब फिर इन सब निर्माणशील विभिन्न शक्तियों का उद्‌भव

किस प्रकार होता है?—विरोध, प्रतियोगिता एवं प्रतिद्वंद्विता द्वारा ही। थोड़ी देर के लिए मान लो कि संसार के सब भौतिक परमाणु संपूर्ण साम्यावस्था में स्थित हो गए—तो फिर सृष्टि रहेगी कहाँ? वितान हमें सिखाता है कि यह असंभव है। स्थिर जल को हिला दो; तुम देखोगे कि प्रत्येक जलबिंदु फिर से स्थिर होने की चेष्टा करता है, एक-दूसरे की ओर इसी हेतु दौड़ता है। इसी प्रकार यह जगत्-प्रपंच उत्पन्न हुआ है और उसके अंतर्गत समस्त शक्तियाँ एवं समस्त पदार्थ अपने नष्ट साम्यभाव को पुनः प्राप्त करने के लिए चेष्टा कर रहे हैं। पुनः वैषम्यावस्था आती है और उससे पुनः इस सृष्टिरूप मिश्रण की उत्पत्ति हो जाती है। वैषम्य ही सृष्टि की नींव है। परंतु साथ ही वे शक्तियाँ भी, जो साम्यभाव स्थापित करने की चेष्टा करती हैं, सृष्टि के लिए उतनी ही आवश्यक हैं, जितनी कि वे, जो उस साम्यभाव को नष्ट करने का प्रयत्न करती हैं।

संपूर्ण साम्यभाव अर्थात् समस्त प्रतिद्वंद्वी शक्तियों का संपूर्ण सामंजस्य इस संसार में कभी नहीं हो सकता। तुम्हारी उस अवस्था को प्राप्त करने के पूर्व ही सारा संसार किसी भी प्रकार के जीवन के लिए सर्वथा अयोग्य बन जाएगा, और वहाँ कोई भी प्राणी न रहेगा। अतएव हम देखते हैं कि सतयुग अथवा संपूर्ण साम्यभाव की ये धारणाएँ इस संसार में केवल असंभव ही नहीं, वरन् यदि हम इन्हें संपूर्ण रूप से कार्यरूप में परिणत करें, तो वे हमें निश्चय ही प्रलय की ओर ले जाएँगी। वह क्या चीज है, जो मनुष्य मनुष्य में भेद स्थापित करती है? वह है मस्तिष्क की भिन्नता। आजकल के समय में एक पागल के अतिरिक्त और कोई भी यह न कहेगा कि हम सब मस्तिष्क की समान शक्ति लेकर उत्पन्न हुए हैं। हम सब संसार में विभिन्न शक्तियाँ लेकर आते हैं। कोई बड़ा आदमी होकर आता है, कोई छोटा। इस जन्मगत विभिन्नता को अतिक्रमण करने का कोई मार्ग नहीं है। अमेरिकन-इंडियन लोग इस देश में हजारों वर्ष रहे और तुम्हारे जो पूर्वज यहाँ आए, उनकी संख्या बहुत कम थी। परंतु उन्हीं

थोड़े से व्यक्तियों ने इस देश में क्या-क्या परिवर्तन कर दिए हैं! यदि सभी लोग समान हों, तो उन इंडियनों ने इस देश को उन्नत करके बड़े-बड़े नगर आदि क्यों नहीं बना दिए? क्यों वे चिरकाल तक जंगलों में शिकार करते हुए घूमते रहे? तुम्हारे पूर्वजों के साथ इस देश में एक दूसरे ही प्रकार की दिमागी शक्ति, एक दूसरे ही प्रकार की संस्कार-समष्टि आ गई और उसके फलस्वरूप यह परिस्थिति उत्पन्न हो गई है।

संपूर्ण साम्यभाव का अर्थ है मृत्यु। जब तक यह संसार बना रहेगा, तब तक वैषम्यभाव रहेगा ही। और यह सतयुग अथवा साम्यभाव तभी आएगा, जब कल्प का अंत हो जाएगा। उसके पहले पूर्ण साम्यभाव नहीं आ सकता। परंतु फिर भी साम्यभाव की यह धारणा हमारे लिए कार्य में प्रवृत्ति देनेवाली एक प्रबल शक्ति है। जिस प्रकार सृष्टि के लिए वैषम्य उपयोगी है, उसी प्रकार उस वैषम्य को घटाने की चेष्टा भी नितांत आवश्यक है। जिस प्रकार वैषम्य न होने से सृष्टि नहीं रह सकती, उसी प्रकार मुक्ति एवं ईश्वर के पास लौट जाने की चेष्टा बिना भी सृष्टि नहीं रह सकती। कर्म करने के पीछे मनुष्य का जो हेतु रहता है, वह इन दो शक्तियों के तारतम्य से ही निश्चित होता है। और कर्म करने के ये भिन्न-भिन्न उद्‌देश्य चिरकाल तक विद्यमान रहेंगे, कुछ बंधन की ओर ले जाएँगे और कुछ मुक्ति की ओर।

संसार का यह चक्र के भीतर चक्र एक बड़ा भयानक यंत्र है। इसके भीतर हाथ पड़ा नहीं कि हम गए। हम सभी सोचते हैं कि अमुक कर्तव्य पूरा होते ही हमें छुट्‌टी मिल जाएगी, हम चैन की साँस लेंगे; पर उस कर्तव्य का मुश्किल से एक अंश भी समाप्त नहीं हो पाता कि एक दूसरा कर्तव्य सिर पर आ खड़ा होता है। संसार का यह प्रचंड शक्तिशाली, जटिल यंत्र हम सभी को खींचे ले जा रहा है। इससे बाहर निकलने के केवल दो ही उपाय हैं। एक तो यह कि उस यंत्र से नाता ही तोड़ लिया जाए—वह यंत्र चलता रहे, हम एक ओर खड़े रहें और अपनी समस्त

वासनाओं का त्याग कर दें। यह कह देना तो बड़ा सरल है, परंतु इसे अमल में लाना असंभव सा है। मैं नहीं कह सकता कि दो करोड़ आदमियों में से एक भी ऐसा कर सकेगा। दूसरा उपाय है—हम इस संसारक्षेत्र में उतर जाएँ और कर्म का रहस्य जान लें। इसी को कर्मयोग कहते हैं। इस संसारयंत्र से दूर न भागो, वरन् इसके अंदर ही खड़े होकर कर्म का रहस्य सीख लो। भीतर रहकर कौशल से कर्म करके बाहर निकल आना संभव है। इस यंत्र के भीतर से ही बाहर निकल आने का मार्ग है।

हमने देखा कि कर्म क्या है। यह प्रकृति की नींव का एक अंश है और सदैव ही चलता रहता है। जो ईश्वर में विश्वास करते हैं, वे इसे अपेक्षाकृत अधिक अच्छी तरह समझ सकेंगे, क्योंकि वे जानते हैं कि ईश्वर कोई ऐसे एक असमर्थ पुरुष नहीं हैं, जिन्हें हमारी सहायता की आवश्यकता है। यद्यपि यह जगत् अनंत काल तक चलता रहेगा, फिर भी हमारा ध्येय मुक्ति ही है, निस्स्वार्थता ही हमारा लक्ष्य है; और कर्मयोग के मतानुसार उस ध्येय की प्राप्ति कर्म द्वारा ही करनी होगी। संसार को पूर्ण रूप से सुखी बनाने की जो सब भावनाएँ हैं, वे मतांध व्यक्तियों के लिए प्रेरणाशक्ति के रूप में भले ही अच्छी हों, पर हमें यह भी जान लेना चाहिए कि मतांधता से जितना लाभ होता है, उतनी ही हानि भी होती है। कर्मयोगी प्रश्न करते हैं कि तुम्हें कर्म करने के लिए मुक्ति को छोड़ अन्य कोई उद्‌देश्य क्यों होना चाहिए? सब प्रकार के सांसारिक उद्‌देश्य के अतीत हो जाओ। तुम्हें केवल कर्म करने का अधिकार है, कर्मफल में तुम्हारा कोई अधिकार नहीं—'कर्मण्येवाधिकारस्ते मा फलेषु कदाचन'। कर्मयोगी कहते हैं कि मनुष्य अध्यवसाय द्वारा इस सत्य को जान सकता है और इसे कार्यरूप में परिणत कर सकता है। जब परोपकार करने की इच्छा उसके रोम-रोम में भिद जाती है, तो फिर उसे किसी बाहरी उद्‌देश्य की कोई आवश्यकता नहीं रह जाती। हम भलाई क्यों करें? इसलिए कि भलाई करना अच्छा है। कर्मयोगी का कथन है कि जो स्वर्ग

प्राप्त करने की इच्छा से भी सत्कर्म करता है, वह भी अपने को बंधन में डाल लेता है। किसी कार्य में यदि थोड़ी सी भी स्वार्थपरता रहे, तो वह हमें मुक्त करने के बदले हमारे पैरों में और एक बेड़ी डाल देता है।

अतः, एकमात्र उपाय है समस्त कर्मफलों का त्याग कर अनासक्त हो जाना। यह जान लो कि न तो यह संसार हम है और न हम यह संसार, न हम यह शरीर हैं और न वास्तव में हम कोई कर्म ही करते हैं। हम हैं आत्मा, हम अनंत काल से विश्राम और शांति का आनंद भोग रहे हैं। हम क्यों किसी के बंधन में पड़ें? यह कह देना बड़ा सरल है कि हम पूर्णरूप से अनासक्त रहें, परंतु ऐसा हो किस तरह? बिना किसी स्वार्थ के किया हुआ प्रत्येक सत्-कार्य हमारे पैरों में और एक बेड़ी डालने के बदले पहले की ही एक बेड़ी तोड़ देता है। बिना किसी बदले की आशा से संसार में भेजा गया प्रत्येक शुभ विचार संचित होता जाएगा—वह हमारे पैरों में से एक बेड़ी को काट देगा और हमें अधिकाधिक पवित्र बनाता जाएगा, जब तक कि हम पवित्रतम मनुष्य के रूप में परिणत नहीं हो जाते। पर हो सकता है, यह सब आप लोगों को केवल एक अस्वाभाविक और कोरी दार्शनिक बात ही जान पड़े, जो कार्य में परिणत नहीं की जा सकती। मैंने भगवद्गीता के विरोध में अनेक युक्तियाँ पढ़ी हैं, और कई लोगों का यह सिद्धांत है कि बिना किसी हेतु के हम कुछ कर्म कर ही नहीं सकते। उन्होंने शायद मतांधता से रहित कोई निस्स्वार्थ कर्म कभी देखा ही नहीं है, इसीलिए वे ऐसा कहा करते हैं।

अंत में, संक्षेप में मैं तुम्हें एक ऐसे व्यक्ति के बारे में बतलाता हूँ, जिन्होंने सचमुच कर्मयोग की शिक्षाओं पर प्रत्यक्ष में अमल किया। वे कर्मयोगी थे बुद्ध देव, एकमात्र वे ही इन सब बातों को संपूर्ण रूप से अमल में ला सके थे। भगवान् बुद्ध को छोड़कर संसार के अन्य सभी महापुरुषों की निस्स्वार्थ कर्मप्रवृत्ति के पीछे कोई न कोई बाह्य उद्देश्य अवश्य था। एक इन्हें छोड़कर संसार के अन्य सब महापुरुष दो श्रेणियों

में विभक्त किए जा सकते हैं—एक तो वे, जो अपने को संसार में अवतीर्ण भगवान् का अवतार कहते थे, और दूसरे वे, जो अपने को केवल ईश्वर का दूत मानते थे; ये दोनों अपने कार्यों की प्रेरणाशक्ति बाहर से लेते थे, बहिर्जगत् से ही पुरस्कार की आशा करते थे—चाहे उनकी भाषा कितनी भी आध्यात्मिकतापूर्ण क्यों न रही हो। परंतु एकमात्र बुद्ध ही ऐसे महापुरुष थे, जो कहते थे, "मैं ईश्वर के बारे में तुम्हारे मत-मतांतरों को जानने की परवाह नहीं करता। आत्मा के बारे में विभिन्न सूक्ष्म मतों पर बहस करने से क्या लाभ? भला करो और भले बनो। बस यही तुम्हें निर्वाण की ओर अथवा जो कुछ सत्य है, उसकी ओर ले जाएगा।"

उनके कार्यों के पीछे व्यक्तिगत उद्‌देश्य का लवलेश भी न था। उनकी अपेक्षा अधिक कार्य भला किस व्यक्ति ने किया है? इतिहास में मुझे जरा एक ऐसा चरित्र तो दिखाओ, जो सबसे ऊपर इतना ऊँचा उठ गया हो। सारी मानवजाति ने ऐसा केवल एक ही चरित्र उत्पन्न किया है—इतना उन्नत दर्शन! इतनी अद्‌भुत सहानुभूति! सर्वश्रेष्ठ दर्शन का प्रचार करते हुए भी इन महान् दार्शनिक के हृदय में क्षुद्रतम प्राणी के प्रति भी गहरी सहानुभूति थी। और फिर भी वे स्वयं के लिए किसी प्रकार का दावा नहीं कर गए। वास्तव में वे ही आदर्श कर्मयोगी हैं, पूर्णरूपेण हेतुशून्य होकर उन्हीं ने कर्म किया है; और मानवजाति का इतिहास यह दिखाता है कि सारे संसार में उनके सदृश श्रेष्ठ महात्मा और कोई पैदा नहीं हुआ। उनके साथ किसी की तुलना नहीं हो सकती। हृदय तथा मस्तिष्क के पूर्ण सामंजस्य भाव के वे सर्वश्रेष्ठ उदाहरण हैं; आत्मशक्ति का जितना विकास उनमें हुआ, उतना और किसी में नहीं हुआ। संसार में वे ही सर्वप्रथम श्रेष्ठ सुधारक हैं। उन्हीं ने सर्वप्रथम साहसपूर्वक कहा था, केवल कुछ प्राचीन हस्तलिखित पोथियों में कोई बात लिखी है, इसीलिए उस पर विश्वास मत कर लो, उस बात को इसलिए भी न मान लो कि उस पर तुम्हारा जातीय विश्वास है अथवा बचपन से ही तुम्हें उस पर

विश्वास कराया गया है; वरन् तुम स्वयं उस पर विचार करो, और विशेष रूप से विश्लेषण करने के बाद यदि देखो कि उससे तुम्हारा तथा दूसरों का भी कल्याण होगा, तभी उस पर विश्वास करो, उसी के अनुसार अपना जीवन बिताओ तथा दूसरों को भी उसी के अनुसार चलने में सहायता पहुँचाओ।''

केवल वही व्यक्ति सब की अपेक्षा उत्तम प्रकार से कार्य करता है, जो पूर्णतया निस्स्वार्थ है, जिसे न तो धन की लालसा है, न कीर्ति की और न किसी अन्य वस्तु की ही। मनुष्य जब ऐसा करने में समर्थ हो जाएगा, तो वह भी एक बुद्ध बन जाएगा और उसके भीतर से ऐसी कार्यशक्ति प्रकट होगी, जो संसार की स्थिति को संपूर्ण रूप से परिवर्तित कर सकती है। वस्तुतः ऐसा ही व्यक्ति कर्मयोग के चरम आदर्श का एक ज्वलंत उदाहरण है।

❑❑❑